KB159626

초보의　순간들

초보의 순간들

박성환 산문집

꿈의지도

첫걸음을 내디디며

'초보初步'라는 단어는 주로 '운전運轉'이라는 명사 앞에 자주 쓰이며 '미숙한', '무지한'이라는 의미로 사용되곤 한다. 하지만 '초보'라는 단어를 세심히 살펴보면, '처음 초初' 자에 '걸음 보步' 자로 이루어진 단어이다.

즉, '처음으로 내딛는 걸음'을 '초보'라고 한다. 인간이 태어나고 삶을 마감할 때까지 걷는 수많은 걸음 중 가장 어려운 걸음이 첫 번째로 내딛는 걸음, 초보가 아닐까 싶다. 그만큼 무언가를 처음 시작하는 것은 큰 용기가 필요하고, 가장 많은 고민을 하게 만드는 걸음이다. 그렇기에 스스로 '초보'라는 딱지를 붙이고 다니는 행위에 대해서는 내려다보고 업신여길 게 아니라 박수를 보내는 것이 마땅하지 않을까.

누구나 인생에 초보에 대한 경험이 있을 것이다. 내가 다른 사람들보다 처음에 대한 추억을 소중히 여긴다는 것을 알게 된 것은 친구들과의 술자리에서였다. 그 무렵 친구들과의 술자리에서 나누던 대화의 주제는 주로 연애, 시험, 취업과 관련된 것이었지만, 그날은 서로의 유년 시절 추억을 나누었다. 그중 내가 이야기하는 것들은 대략 처음 본 영화, 처음 자장면을 먹은 날, 처음 엘리베이터를 탔던 날과 같은 것이었다. 친구들은 언제쯤이 처음인지 생각해본 적 없거나, 생각해도 익숙한 경험이라 기억이 가물가물하다고 말했다.

어쩌다 난 처음 경험하는 것을 좀 더 특별히 생각하게 되었을까? 고민 끝에 내린 결론은, 아마도 남들과는 달랐던 나의 유년 시절의 환경 때문이지 않았을까 하는 생각이었다.

나는 불국사와 석굴암으로 유명한 경주에서 태어나 대학교에 진학하기 전까지 살았다. 경주는 작은 관광 도시이다 보니 문화 시설이나 새로운 유행들이 빠르게 들어오기가 어려웠다. 게다가 나는 경주에서도 시골인 율동리라는 산골에서 열한 살까지 살았다. 율동리가 어느 정도 시골이었나 하면, 그 당시 우리 집에서 이웃집을 가려면 1킬로미터 넘게 걸어가야 했고, 내가 다녔던 초등학교는 전교생이 여덟 명인 분교(현재는 폐교되었다)였다. 도시에서 흔히 볼 수 있는 가로등과 보도블록보다 밤하늘에 가득한 별과 긴 하굣길의 간식이 되어주던 산딸기를 더 쉽게 볼 수 있는 곳이었다.

그러다 보니 내 또래 친구들이 대부분 경험하는 일상적인 것들(햄버거, 자장면, 영화관 등)을 열두 살 때 나름 경주 도심의 아파트로 이사 간 후에야 경험할 수 있었다. 내가 열두 살이 되기 전까지 아버지는 우리 형제를 거리가 먼 읍내에 잘 데리고 가지 않았고, 나와 형은 매일 산과 들을 오가며 유년 시절을 보냈다. 텔레비전에서만 볼 수 있었던 자장면이나 햄버거처럼 그 당시 현대인의 라이프스타일이라 부르는 것들은 쥐불놀이와 토끼 잡이를 하던 나에게는 다른 세상의 이야기였다. 그러다 보니 그런 것들은 일종의 버킷리스트로 채워졌다. 나중에 읍내에 나가면 꼭 해봐야 하는 것들 말이다. 긴 기다림 끝에 도심으로 나오게 된 초등학교 고학년이 되어서야 고대했던 경험들을 할 수 있었으니 그 설렘과 느낌이 생생하게 머릿속에 남았다.

어린 시절 첫 경험의 느낌들이 강했던 탓인지 지금도 첫 시도를 좋아하고, 그 순간이 오래도록 기억에 남는다. 겁나기도 하고, 설레기도 하는 그 애틋한 감정. 내 인생의 수많은 '초보의 순간들'을 이 책에서 하나씩 꺼내어 보려 한다.

차
례

Prologue

1부
기다렸던 그날

2부

그렇게 시간은 흘러가고

3부

언제쯤이면 잊을 수 있을까

Epilogue

일러두기

*원문의 느낌을 살리기 위해 사투리 등 몇몇 표기는 수정
하지 않았습니다.

1부

기다렸던 그날

설렘의 맛

˚처음 돈가스를 먹었던 날

우리나라 음식은 대부분 숟가락과 젓가락을 사용해 식사를 한다. 그러나 돈가스는 나이프와 포크라는 새로운 도구를 사용해 먹는다. 많은 사람들이 식사에 나이프와 포크를 사용하게 되는 첫 경험을 돈가스를 통해 하지 않을까 싶다. 나 역시 그러했다.

이 도구가 주는 럭셔리함은 이루 말할 수 없다. 유년 시절에 본 드라마 속 부유층 자제들은 언제나 거대한 식탁 앉아 나이프와 포크를 사용해 식사하였다. 마치 '우린 너희와 달라'라는 표현을 인간이라면 매일 접하는 의식주를 이용해 보여주는 듯했다. 대가족이 모여 사는 거대한 집(주)에서, 내 또래의 아이가 아버지의 정장 같은 옷(의)을 입고, 우리의 일상과는 다르게 나이프와 포크를 사용해 밥(식)을 먹는 것이었다.

그 당시의 나는 드라마 속 집보다 훨씬 커다란 논과 밭이 끝없이 펼쳐진 산골 집(주)에 살았고, 걸리적거리는 옷을 싫어해 정장 같은 옷(의)도 부럽지 않았다. 그러나 젓가락질을 잘하지 못해 엄마에게 매일 혼나던 나에게 나이프와 포크를 사용해 먹는 텔레비전 속 음식(식)에 대한 호기심은 굉장했다. 전교생 여덟 명인 작은 시골 학교에서 유일하게 내 또래 친구인(우리 학년은 전체 인원이 두 명뿐이라 1, 2학년이 함께 수업을 들었다) 택경이에게 포크와 나이프로 먹는 음식에 대해 이야기를 하자 자기는 얼마 전 읍내에 나가 먹어봤다고 했다. 그리고 그 음식을 '돈가스'라고 부른다고 했다.

그날부터 어머니에게 택경이도 먹은 돈가스를 나도 먹고 싶다고 매일 노래를 불렀다. 역시 간절하면 통한다 했던가, 어머니는 다음날 읍내에 다녀오더니 말로만 듣던 돈가스를 만들어주었다. 그러나 어머니의 돈가스는 내가 생각한 돈가스가 아니었다. 바로 냉동식품인 미니 돈가스였기 때문이다. 같은 돈가스이긴 했지만 크기가 작다는 이유 하나만으로 이렇게 큰 차이를 보이게 될 줄은 몰랐다. 튀김옷도 있고 내용물도 비슷했지만, 나이프와 포크로 먹기에는 크기가 너무나 미니했다.

나는 계속해서 어머니가 읍내에 나가는 길이면 "나 돈가스 먹고 싶다. 칼로 잘라서!"라고 돌림 노래를 불렀다. 하지만 시골에서만 지냈던 어머니에게도 돈가스는 생소했던 모양이다. 그러던 중 어머니는 읍내에 다녀오던 날 나에게 웃으면서 "오늘 저녁에는 맛있는 거 해줄게."라고 말했다. 난 여느 날과 다르지 않게 들판에서 친구들과 뛰어놀다가 저녁쯤이 되어서 집에 들어왔다. 그런데 저녁을 먹기 위해 밥상에 앉으니 숟가락과 젓가락 대신 포크와 나이프가 올려져 있는 것이 아닌가!

다만, 텔레비전에 나오던 돈가스의 모습과는 조금 달랐다. 어머니 역시 돈가스가 생소해서 식육점에서 주신 돈가스용 패티를 빵가루에 묻히지 않고 삼겹살처럼 그냥 프라이팬에 구워서 집에 있던 케첩을 발라준 것이다. 그리고 연탄을 때고 지내던 산골 깊숙한 시골집에 나이프가 어디 있겠나. 나이프가 아닌 날이 잘 선 과도(이것도 나이프이긴 하다)와 포크가 식탁에 놓여 있었다. 이상한 모습이긴 하지만 지금 생각해보면 참 귀엽다.

그날 나는 과도로 열심히 칼질을 하며 꿈에 그리던 음식 중 하나인 돈가스를 드디어 맛보게 된 것이다. 밥상에는 빨간 케첩과 함께 프라이팬에 구운 돈가스 패티, 작은 과도와 포크 그리고 잘 익은 김치가 놓여 있었지만, 그 당시의 나에게는 어느 경양식집 부럽지 않은 구성이었다.

이제는 근처 분식집에서도 너무나 쉽게 돈가스를 먹을 수 있고, 스테이크도 종종 사 먹는 나이가 되었지만, 과도로 썰던 어머니의 돈가스 패티만큼 '맛'이라는 것을 통해 설레었던 기억을 느끼기에는 쉽지 않다.

생각해보면 무언가에 설렌다는 것은 인간이 느낄 수 있는 축복 중 하나가 아닐까. 그리고 그 설렘의 현실화만으로도 우리의 삶은 풍부해진다. 누군가에겐 큰 기억이 없을 돈가스에 대한 추억만으로도 말이다. 시간이 지나더라도 어떤 대상에 대한 설렘만은 줄어들지 않았으면 한다. 내가 누릴 수 있는 가장 쉬운 행복 중의 하나이기 때문에. 나에게 돈가스는 생애 처음 느낀 설렘의 맛이었다.

마음이 변한다는 것

°첫 컴퓨터

친구들은 믿지 않지만, 대학생 때 아르바이트를 해서 저렴한 넷북Netbook을 구매한 것이 내 인생의 첫 컴퓨터이다. 86년생인 나와 친구들에게는 시골인 경주에서도 텔레비전처럼 1가구 1컴퓨터가 당연하리만큼 기술의 진보를 느꼈던 세대였기에 담배와 술처럼 성인이 되어서야 컴퓨터를 가진다는 것이 흔한 이야기는 아니다.

우리 집은 유독 기술의 진보를 체험하기에 쉽지 않은 곳이었다. 아니 우리 집이라기보다는 나에게만 거리가 먼 것일 수도 있다. 형은 공부를 잘했다. 경주에서도 가장 명문인 중고등학교에 다녔고, 그에 비해 나는 성적으로만 보면 그저 그런 학생의 신분을 살았다.

어머니는 냉철했다. 아니 전략적이라고나 할까? 싹이 보이는 곳에만 전폭적인 투자를 했다. 형은 학습지와 과외도 하고, 우등생계의 얼리어답터만 사용한다는 엠씨스퀘어까지 사주는 행보를 보였다. 그에 비해 나는 학원만 다녔고, 삐삐 혹은 그 당시 유행하던 PCS폰은 꿈도 못 꿀 이야기였다. 만약 형이 집에서 통학을 했다면 나에게도 일찌감치 컴퓨터가 있었겠지만, 아쉽게도 형은 기숙사에서 생활했다. 통학 시간이 공부에 방해된다는 이유였다. 그러나 섭섭하지는 않았다. 우리 집 형편에 두 형제

모두 넉넉한 지원을 하기는 쉽지 않다는 걸 나 역시도 잘 알고 있었다.

그 당시 학교에서는 한 번씩 호구 조사라는 것을 했었다. 각 집안의 형편과 상태를 조사하는 것이었는데, 대체로 학생들을 모아놓고 집에 전화기가 없거나, 텔레비전이 없는 사람을 손 들게 하는 방식이었다. 가난은 분명 창피한 것이 아니라고 배웠는데 왠지 모르게 그 배움에 대한 의문이 들었던 시간이다.

그중 집에 컴퓨터가 없는 사람을 확인하는 조사를 했는데, 우리 반 사십 명 중 유일하게 나만 컴퓨터가 없었다. 이건 가난의 문제인가 설득의 문제인가에 대한 고민이 들었다. 기술의 대중화가 이렇게 빨랐나 싶기도 했고, 더 이상 이 흐름에 뒤처지는 것을 기다릴 수만은 없다고 생각했다.

그러나 어머니는 냉철했다. 초등학생 때 학습적

인 이유를 핑계로 여러 쓸데없는 전자기기를 사재기했던 결과이다. 예를 들어 책의 한 면을 누르면 영어 단어를 말해주는 교육서라든지(책보다는 킥보드를 사은품으로 주는 혜택이 더 끌려서 샀다), 셀로판지 안경을 써야 정답이 보이는 혁명적인 영어 단어장(이건 도저히 왜 샀는지 기억이 안 난다) 등등. 더는 씨알도 먹히지 않았다. 그렇게 내가 대학생이 되어 내 돈으로 직접 구매하기 전에는 컴퓨터는커녕 삐삐나 휴대폰과 같은 최첨단 문물은 나와 거리가 멀었다.

그렇게 컴퓨터 소장은 성인이 되기 전까지 나에게는 먼 이야기이지만, 지금부터는 소장이 아닌 컴퓨터를 처음 사용해본 날에 관해 이야기해보고자 한다. 원래 이것에 대해 이야기하려고 했는데 어쩌다 보니 내용이 길어졌다. 안 사준 게 섭섭하긴 했나 보다.

내가 컴퓨터라는 것을 처음으로 사용해본 것은 초등학교 6학년 때인 1998년 즈음이었다. 이때 같은 동네에 살던 친구 집에는 386 컴퓨터가 한 대 있었다. 처음 그 친구 집에 놀러 갔을 때 거실 한 귀퉁이를 차지한 컴퓨터의 모습은 웅장했다. 컴퓨터 책상이라는 존재도 신기했고(키보드가 스르륵 밀면 없어진다!) 마우스라는 물건도 실제로 처음 봤다.

친구 집에서 우리는 〈삼국지〉라는 게임을 했는데, 마우스로 가상의 부대에 명령을 내리는 형태의 게임이었다. 책으로 수없이 봤던 삼국지를 독자의 관점이 아닌 이야기의 속으로 내가 직접 들어가서 역사를 바꿀 수 있었다. 이 얼마나 기술이 주는 강렬한 경험인가.

다만, 처음 보는 컴퓨터라 내가 차마 만지지는 못하고 친구의 플레이를 지켜보기만 했다. 친구들의 모습을 보는 것만으로도 서너 시간이 훌쩍 지나갈 만큼 몰입하며 지켜봤다. 그러다가 친구가 너도 해보라며 나에게 마우스를 내밀었고, 난 아서King

Arthur가 엑스칼리버Excalibur를 받을 때만큼의 설렘과 경외심 가득한 마음으로 마우스를 잡았다.

친구는 게임에서 컴퓨터로 명령을 내리려면 마우스란 것을 이용해 '더블 클릭'이란 걸 해야 된다고 했다. '더블'이란 건 뭐고, '클릭'이란 것은 도대체 무엇인가? 생전 처음 아랍어를 들은 것 같은 표정으로 친구를 멀뚱히 처다보자 "그냥 두 번 눌러."라고 번역된 내용을 건네받았다. 그렇게 어려운 이야기는 아니었기에 난 자신 있게 마우스를 두 번 눌렀으나 전혀 변화가 없었다. 다시 시도했으나 이상하게도 전혀 변화가 없었다. '고장인가?'라고 생각하려는 찰나에 친구가 "인마, 그렇게 말고 빠르게 두 번 눌러야 된다."라고 말해줬다. 말 그대로 '두 번 눌러'라는 이야기인데 여기에서 변수인 '빠르게'라는 부분이 핵심이었던 것이다. 난 다시 내가 할 수 있는 최고의 속도로 빠르게 두 번 눌렀으나 전혀 변화가 없었다. 친구가 보여주는 더블 클릭의 속도를 내 손가락은 전혀 따라갈 수가 없었던 것이다. 도대체 마우스를 사용해봤어야 알지. 그런 세밀한 손가락의 움직임은 처음이라 그런지 몇 번이나 더 해봐도 손이 전혀 내 마음대로 움직이지 않았다.

친구들은 신기한 광경에 박장대소했지만 난 식은땀이 흘러내렸고, 창피함이 불쑥 올라왔다. 나만 뒤처져 있는 것 같았고, 무언가 억울함, 불공평함 같은 것이 느껴졌다. 웃는 친구들도, 마음대로 움직여주지 않는 검지도, 마우스라는 것을 구경할 수 없었던 우리 집도 다 미웠다. 난 그렇게 바로 자리에서 일어나 엄마가 부른다는 말도 안 되는 핑계를 대며 친구 집을 나왔다. 친구 집을 나서자마자 눈물이 왈칵 흘렀고, 집으로 가서 엄마가 묻는 말에도 대답하지 않고 화장실에 들어가 한참을 울었다. 어린 나이에 그게 그렇게 창피했었나 보다. 그리고 이건 내 잘

못이 아닌 엄마가 컴퓨터를 사주지 않아서라는 이유로 엄마를 원망하며 하염없이 울었다.

세월이 지나 두 형제가 모두 직장을 위해 집을 떠난 뒤 부모님이 적적할 것 같아 형이 컴퓨터를 장만해 집에 설치했다. 그리고 나는 어머니가 평소 즐겨하는 맞고를 할 수 있도록 컴퓨터 하는 방법을 가르쳐 드렸다. 컴퓨터 본체와 모니터 전원을 켜고 키보드를 사용하는 방법까지는 수월했지만, 어머니 역시 마우스 더블 클릭을 그때의 나처럼 어려워했다. 어머니는 웃으며 '이거 잘 안 된다'고 말했지만, 내 마음은 전혀 웃을 수 없었다. 마음 한편에 무언가 아려왔다. 아마도 어린 날의 치기 어린 원망 때문이었으리라.

누군가를 원망하는 마음은 나이가 어리고 많음을 떠나 시간이 지나면서 대부분 그 마음이 가라앉기 마련이다. 어렸을 적 다른 집과의 비교이거나, 사랑한 사람에게 차였을 때 느끼는 원망도 크게 다르지 않다.

영화 〈500일의 서머〉 혹은 〈봄날은 간다〉를 처음 보면 서머와 은수가 전혀 이해되지 않고 화만 나지만, 그 영화를 다시 볼 때마다 상대방이 느꼈을 감정과 서머와 은수의 현재 상황도 보이게 되면서 원망했던 마음은 점점 옅어진다. 이건 서머와 은수를 욕하는 영화가 아닌 단지 어디에서나 볼 수 있는, 모든 게 다르고 서툴렀던 두 남녀의 이야기였던 것일 뿐.

무언가 마음이 애초와는 다르게 변한다는 것은 생각해보면 시야가 그만큼 넓어진 것이 아닐까 싶다. 마치 같은 음악을 여러 번 들으면 리드하는 멜로디뿐만 아니라 작게 뒤에서 받쳐주고 있던 베이스 소리나 가사의 의미까지 음미하게 될 수 있듯, 마음이 변한다는 것은 시간이 흐르면서 그만큼 자주 생각하고, 여러 삶의 모습을 겪게 되면서 새로운 관점으로 인해 처음 그 감정과는 달라지는 것이지 않을까. 그게 좋든 나쁘든.

어린 시절 컴퓨터가 없다고 그렇게 어머니를 원망하며 울었던 감정도 시간이 지남에 따라 어머니의 삶과 밥벌이의 고됨을 약간씩 이해하게 되면서 철없던 어렸을 적의 추억으로 넘겨버릴 수 있는 것이 아닐까. 부모가 자식에게 원하는 것을 해줄 수 없는 대상 없는 슬픔은 치기 어린 원망보다 훨씬 무거웠으리라.

그러니 마음이 변한 것 혹은 사랑이 변한 것에 너무 괴로워하지 말자. 그만큼 더 시야가 넓어지고 있다는 삶의 나이테 같은 표시일 수도 있으니.

정수淨水된 세상

°첫 수술

'웃기다'와 '슬프다'의 합성어인 '웃프다'라는 말처럼 두 가지의 상반된 감정이 합쳐진 단어들이 있다. 나에게는 '수술'이라는 단어가 그렇다. 바로 '아픔'이라는 감정과 '형'이라는 대상에 대한 따뜻함이 동시에 담겨 있다.

아마 내가 여섯 살 즈음이었을 것이다. 소위 사시斜視라고 하는데 두 눈이 한 곳을 바라보지 못하고 방향을 다르게 바라보는 시력 장애이다. 지금도 약간 그 증상이 남아 있지만, 그 당시에는 매우 심했다고 한다. 친척들이나 동네 사람들이 나를 볼 때면 언제나 사시 수술에 대한 이야기를 안부 인사처럼 했으니 말이다. 그래서 부모님은 멀리 대구에 있는 병원까지 나를 데리고 가서 수술을 받게 했다.

수술하는 동안은 마취로 인해 아프지 않았지만, 수술 후의 통증이 무척 심했다. 한쪽 눈이 마치 바늘로 찌르듯 따끔한 통증이 오래도록 있었다. 아픔을 꾹 참고 성숙한 모습을 보여줬다면 좋았겠지만, 나는 고작 여섯 살이었다. 어머니가 말하길 여섯 살의 나는 온종일 울며불며 아프다고 소리를 질렀다고 한다.

시간은 흐르고 어느새 통증이 가라앉았고, 한쪽 눈에 안대를 하고 퇴원을 했다. 의사 선생님은 당분간 눈부심이 심하니 안대를 벗더라도 햇빛을 바라보지 말고, 외출 시 꼭 선글라스를 착용하라고 당부했다. 하지만 깊은 산속 시골 집에 선글라스가 어디 있겠나. 부모님은 나에게 되도록 집안에만 있으라고 했다.

우리 집은 장난감이 많이 없었기에 몇 명 없던 분교의 동창생인 택경이에게 로봇 몇 개를 빌려서 놀았다. 하지만 그것도 하루 이틀이지 그 나이에도 지루함은 빠르게 찾아왔다. 그러던 중 형이 방 안에서 머리만 빼꼼히 얼굴을 내밀며 의기소침해 있던 나를 불러내었다. 형은 무언가 기대 반 설렘 반의 표정을 하고 있었다.

주위를 둘러보아도 산과 논밭만 있던 시골에서 형은 나의 가장 친한 친구이자 일종의 여행 가이드였다. 어렸을 때도 숫기가 없던 나는 형이 먼저 앞장서야만 나갈 수 있었기에, 언제나 형의 꽁무니를 뒤쫓아 산에 토끼를 잡으러 가거나 멀리 주인 없는 논에 가서 쥐불놀이를 하고 놀았다. 형을 따라 이곳저곳 놀러 다니는 것이 그 당시 내 인생의 가장 즐거운 일과였다.

형은 나가서 놀기 좋아하는 내가 집안에만 있는 것이 안 되어 보였는지 방에만 있던 나를 부모님 몰래 데리고 외출하기로 결심했던 것이다. 방 안에 있던 나를 불러 옷을 주섬주섬 입히고는 형이 나에게 말했다.

"마! 엄마한테는 비밀이데이. 우리 올챙이 잡으러 나가자!"

"근데 우리 집에 선글라스 없는데 어떻게 나가노…?"

"괜찮다. 내가 선글라스 만들어줄게."

"히야가(경상도에서는 형을 히야라고 부른다. 서른 살이 넘은 나는 아직도 우리 형을 히야라고 부른다)? 히야가 우에 만드는데?"

형은 입고 있던 검은색 티셔츠를 들어 올리더니 내게 자신의 품 안으로 들어오라고 했다. 나는 그렇게 형의 티셔츠 안으로 머리를 넣었다. 우리는 볼록해진 배로 뒤뚱뒤뚱 걸으며 밖으로 나갔다. 형은 나를 검은색 티셔츠 안에서 바깥을 보게 해 햇빛을 차단해주었다. 지금 생각해보면 참 불편하고 우스꽝스러운 모습인데, 그 당시에는 그게 그렇게 재미있었다. 형과 함께 뒤뚱거리며 어머니와 아버지가 일하고 오기 전까지 온 동네를 돌아다녔다.

아직도 생생히 기억나는 것은 형의 티셔츠 면 사이로 바라본 동네의 모습이다. 흐릿했지만 티셔츠의 실과 실 사이로 본 세상은 지금까지 보았던 수많은 풍경보다 가장 순수하고 맑았다. 마치 여러 불순물을 걸러서 나온 정수처럼 형은 세상의 불순물을 자신이 입고 있던 티셔츠로 걸러 맑디맑은 세상을 나에게 보여주었다.

어느새 세월은 흘러 삼십 대 중반의 무심한 아저씨가 되어버린 형과 나이지만, 한 번씩 첫 수술의 추억이 떠오를 때면 이유 모를 웃음과 형에 대한 애틋함이 샘솟는다. 서로 표현에 인색해 자주 통화는 못하지만 오늘은 문득 형이 보고 싶다.

영에이지Young Age

°**첫 교복**

많은 초등학생이 중학생이 되면서 기대하는 것 중 하나는 잘 다려진 와이셔츠에 넥타이를 맨 뒤 아버지의 정장 같은 멋진 교복을 입고 등교하는 게 아닐까. 너무 소박한가? 아무튼, 나의 초등학생 시절 로망 중 하나는 넥타이가 있는 교복을 입는 것이었다. 가장 빠르게 어른의 모습 중 하나를 경험할 수 있는 것이라고 생각했기 때문이다.

내가 초등학교 6학년 때 가장 바랐던 것은 형과 다른 중학교에 가는 것이었다. 언제나 형의 물건을 물려받았기에, 형과 같은 중학교에 가게 되면 교복을 물려 입는 불상사를 결코 피할 수 없을 것이라 판단했기 때문이다. 그리고 심지어 형이 다닌 중학교는 넥타이가 아닌 갑갑한 목폴라 티가 교복인 학교였다.

하지만 세상은 열세 살밖에 되지 않은 어린 나에게 '인생은 네 마음대로 되지 않아'라는 냉철한 가르침을 주었다. 그렇게 나는 형이 졸업한 중학교로 입학하게 되었다. 일명 '뺑뺑이'라고 불리는, 랜덤으로 진학할 학교가 지정되던 시절로, 그 당시에도 난 당첨 운은 지지리 없었다. 그리고 변함없는 나의 어머니는 나에게 일말의 주저 없이 형이 3년 동안 입었던 교복을 내밀었다.

패션은 개성의 표현이라 했던가. 비록 교복은 물려받았지만, 나의 개성을 표현하고 싶은 마음에 그 당시 유행했던 바지통 줄임으로 형의 교복을 나만의 것으로 돌려놓는 작업을 하였다. 지금 생각해도 역시 교복 바지통의 길이는 칠 반이 가장 이상적이다. 우리 반에는 육 반까지 입는 친구도 있었지만, 하지 정맥류가 생길 것 같은 비주얼에 감히 도전할 마음이 생기지 않았다. 바지통 칠 반이 나의 하체를 적당히 감쌌고, 바람이 휘날리는 날 한복 같이 펄럭이는 바지 밑단이 보기 싫어서 나는 언제나 바지통 칠 반을 고수했다.

그렇게 좁은 바지통으로 자아를 표현하던 중학생 시절이 지난 뒤 어린 시절의 로망을 실현할 수 있는 마지막 기회인 고등학교 입학 시즌이 되었다. 세상은 나와 밀당이라도 하듯, 이번에는 나에게 교복을 물려 입지 않을 수 있게 형과 다른 고등학교로 진학하게 해 주었다. 사실 우리 형은 공부를 잘해서 명문 고등학교에 진학했다. 나는 절대로 넘볼 수 없는, 형 성적표의 높은 숫자들이 없어서 형이 진학한 고등학교에 못 간 것이 정확한 표현이겠지만 말이다. 아무튼 내가 갈 고등학교는 물려받을 교복이 없었기에 새 교복을 입을 수 있었다. 게다가 내가 진학할 고등학교는 교복에 넥타이가 포함되어 있었다. 드디어 어렸을 적 로망을 실현할 기회를 세상은 나에게 선물해준 것이다.

그 당시 교복 시장은 이름만 들어도 지성이 넘칠 것 같은 '스마트'와 '아이비클럽' 브랜드가 꽉 잡고 있었다. 나 역시 '스마트'이냐, '아이비클럽'이냐에 대한 고민과 함께 어떤 사은품을 고를 것인가(솔직히 이쪽이 더 크다)에 대한 나름의 깊은 고민이 있었다. 하지만 고민이 끝나기도 전에 어머니는 전혀 스마트하지도 아이비리그 근처에 있지도 않은 '영에어지'라는, 아버지 친구가 운영하는 작은 교복점으로 나를 끌고 갔다.

세상에 '영에이지'가 웬 말인가. 안 그래도 하루 빨리 어른 대접을 받고 싶고, 무시당하기 싫은 십 대 후반의 나이인데 아예 '넌 겁나 어려!'라고 적힌 이 철저히 고객을 무시한 브랜딩에 투덜거렸다. 그러나 유명 교복 회사의 절반밖에 안 되는 가격에 더 이상 토를 달 수가 없었다.

하지만 더 큰 문제는 입학식 때 벌어졌다. 생애 처음으로 새로 산 교복을 곱게 다려 입고 학교에 도착했는데, 교문 앞에서 난 멈칫하게 되었다. 내가 입은 교복이 다른 친구들이 입은 교복과 미묘하게 다른 색과 다른 체크무늬를 가진 것이다. 공장의 불량인지 아니면 디자이너의 재해석인 것인지는 지금도 알 수 없다. 아니나 다를까 같은 고등학교로 진학한 친구는 입학식 날 나를 보자마자 "야, 너 영에이지에서 교복 샀냐?"라고 물었다. 친구의 말은 '나만 알 수 있는 미묘한 차이만은 아니구나'라는 나의 생각에 확인 사살을 해주었다.

그나마 동복은 괜찮은 편이었다. 우리 학교의 하복은 하늘색 천을 사용하는데, 영에이지는 완전히 새파란 색상(마치 바다를 끼얹은 듯했다)의 천을 활용해 만들었다. 누가 봐도 난 '영에이지'였다. 지금 생각해보면 차이가 크게 나는 것은 아니었지만, 어린 나이의 우리들에겐 휴가 가기 전 장인정신으로 만든 군복의 다림줄처럼(군인을 제외하고는 아무도 못 알아본다) 교복에도 명확한 멋의 차이가 있었다. 그렇게 한동안 고등학교에서의 내 별명은 '영에이지'였다.

요즘도 고향 집에 한 번씩 들를 때면 기차역에 내려 모교를 지나가는 버스를 타는데, 미묘하게 색상이 다른 교복을 입은 친구들을 보게 된다. 그때마다 아직 영어에지는 있는지, '넌 바지통 얼마 입니?', '너의 별명은 영에이지가 아니길 바라' 같은 오지랖 넓은 생각과 함께 미소가 걸든다.

동감同感

°첫 영화관

어린 시절 내가 살았던 경주에는 총 두 개의 영화관이 있었다. 모두 단관 영화관이었고, 이제는 시대극에서나 볼 수 있는 유화로 그린 대형 포스터가 걸려 있었다. 시골에서 영화관은 청소년이 접하기 어려운 문화생활이었다. 영화관 앞에는 학교 체육 선생님이 불시로 점검(물론, 성인 영화를 보는 학생들을 잡기 위해서였다)하기도 했다. 그런 분위기

속에서 자랐기 때문일까, 어렸을 적에는 영화관에서 영화를 본다는 생각은 단 한 번도 해본 적이 없다.

때는 2000년(당시 중학교 2학년)이었다. Y2K와 종말론이 넘쳐나던 당시 학교에서 처음으로 '클럽 활동'이라는 것이 생겼다. 이전에도 그런 시간이 없었던 것은 아니다. 난 바둑부나 음악감상부 등 여러 활동을 했지만, 단 한 번도 바둑을 두거나 음악을 감상한 적이 없다. 언제나 그 시간은 강제로 자습을 하는 시간이었다. 하지만 2000년이 된 그해에는 정말 활동하는 시간을 주는 수업이 생긴 것이다. 새로운 세기가 지났는데 종말이 오지 않아서일까? 변하지 않을 것 같았던 학교도 새로운 모습을 보여주었다.

마치 대학교에 갓 입학한 신입생이 어떤 동아리에 가입할지 고민하는 것처럼, 어떤 클럽 활동 부서에 들지 한참을 고민했다. 볼링부도 탐이 났고, 문예부(옆 여자 중학교와 함께 하는 동아리였다. 왜 이걸

안 했을까? 지금도 의문이다)도 탐이 났다. 그러던 중 영화감상부에 눈이 갔다. 설명란에 아주 작은 글씨로 '매주 영화관에서 영화 한 편 관람'이라고 적혀 있었기 때문이다.

나는 영화관 앞을 지나가 보기만 했지, 영화관에 들어간 적은 없었다. 이십 대 형과 누나들만 갈 수 있는 공간이라 생각했다. 내가 갈 수 있을 거라고는 생각해본 적이 없었다. 신대륙을 탐험하는 콜럼버스도 이런 기분이었을까? 미지의 세계를 경험할 수 있다는 기대감에 그 자리에서 바로 영화감상부의 가입서를 작성했다.

때는 흘러 드디어 대망의 첫 클럽활동 시간이었다. 경주에서 가장 큰 '대왕극장'을 오십 명 가까운 영화감상부 학생들이 단체로 방문했다. 영화 상영관이 하나뿐인 영화관이고 키가 큰 친구가 일어서면 스크린에 머리가 비칠 정도로 지금의 영화관에 비하면 너무나 협소한 공간이었지만, 그 당시 나에게는 정말 극장 이름처럼 대왕만 한 공간이었다.

우리는 그날 영화 〈동감〉을 보았다. 그 당시 신인 배우였던 유지태, 김하늘 주연의 판타지 멜로 영화이다. 영화의 대략적인 줄거리는 개기월식이 오던 날, 우연히 얻게 된 고물 무전기를 통해 기적같이 1979년의 77학번 여대생 김하늘과 2000년의 99학번 유지태가 연결되면서 각자의 세상과 서로의 사랑에 관해 이야기하는 내용이다.

나는 고작 열다섯 살밖에 안 된 소년이었지만, 그들의 이야기에 꽤나 공감했었던 것 같다. 영화관에서 친구들은 서로 팝콘을 던지며 잡담하고 선생님이 윽박지르는 시장통 같은 상황 속에서도 나는 엔딩 크레디트가 올라갈 때까지 넋을 놓고 스크린을 바라보았다. 김하늘과 짝사랑하던 대학교 선배와의 그 풋풋했던 장면들. 이루어지지 못한 사랑에 힘들어하던 여주인공. 다른 시간대의 같은 공간인 시계탑 앞에 있던 남녀 주인공의 모습 등등. 영화에 감정 이입이 되어 보는 내내 가슴이 콩닥콩닥했다. '나도 언젠가 저들이 말하는 사랑을 한다면 이런 기분이 들까?'라고 생각하면서.

"그 사람과 나, 우린 분명 같은 감정으로 살아요. 같은 슬픔, 같은 기쁨, 같은 향기를 지니면서."

마음에 들어 필통 속에 적어놓고 자주 들여다보았던 영화 속 김하늘의 대사이다. 그래, 상대방과 같은 감정을 가지고 같은 것을 느낀다는 것을 '동감'이라 한다고 영화에서 말했다. '같을 동同' 자에 '느낄 감感' 자로 이루어진 단어 동감. 우리가 정말 자주 쓰는 말이지만 글자 하나하나 뜻을 살펴보면 "나도 동감해요."라는 말은 "나는 당신과 같은 것을 보고, 듣고, 생각해요."라는 의미이다. 참 근사한 말이다. 수많은 사람 중에서 누군가 나와 같은 것을 느끼고 있다는 것. 그때 처음으로 '동감'이라는 단어의 뜻에 대해서 생각해보았다.

그 영화로 인해 나는 대학교에 가서도 주저 없이 첫 동아리를 영화에서 김하늘이 무전기를 알게 된 아마추어 무선 동아리로 선택(하지만 무전기는 1년 동안 한 번도 만져보지 못한 채 술만 퍼부었다)하게 되었다. 그리고 중고등학교 시절 노래방 18번 곡은 영화 〈동감〉의 OST인 임재범의 〈너를 위해〉였다. 또한, 영화의 배경이 되었던 대구 계명대학교의 본관을 직접 찾아가 보기도 했다. 지금까지도 영화 〈동감〉은 내 인생 영화 중 한편으로 고이 남아 있다.

개기월식이 오는 날 '나에게도 영화처럼 기적 같은 운명이 찾아올까?'라고 되뇌던 내 인생의 첫 영화관. 아직 개기월식을 본 적은 없지만, 기적 같은 인연은 있었다고 어렴풋이 생각되기에 무언가 뿌듯해지는 지금이다.

배움을 닦는 여행

°첫 수학여행

경주에서 유년기와 청소년기를 보낸 사람이라면, 굳이 경주의 유적지를 보러 찾아가지 않는다. 그동안 타의에 의해 원 없이 다녔기 때문이다. 봄에는 불국사로, 가을에는 석굴암으로 소풍을 간다. 그다음 해 봄에는 경주월드로, 가을에는 동궁과 월지로 소풍을 가게 된다. 초등학교부터 고등학교까지 소풍은 언제나 똑같은 패턴이었다. 자의가 아닌 타의로

간 그곳들은 나에게 아무런 감흥이 없었다. 어떻게 해서든 담임 선생님 몰래 빠져나와 친구들과 시내에 나가서 놀아야 한다는 생각뿐이었다.

단, 수학여행은 이야기가 다르다. 수학여행은 기본적으로 시외로 나가 일박 이상을 하기 때문이다. 그리고 첫 수학여행이었던 초등학교 6학년 때 우리는 무려 서울로 수학여행을 갔다. 서울에 사는 사람들은 코웃음 칠지도 모르겠지만, 서울 상경이 인생의 목표인 사람도 있는 시골에서는 '서울'이라는 단어가 주는 설렘은 상상 그 이상이다.

그 당시 우리 반에서 서울에 가본 친구들은 손에 꼽을 정도였다. 나 역시 그 당시에 가봤던 도시 중 가장 큰 도시는 대구 정도였다. 대구 동성로의 웅장함과 경주에서는 설날에나 볼 수 있는 인파가 평일 거리를 가득 메우고 있던 대구의 길거리 모습은 가히 충격적이었다. 좁은 공간에 너무 사람이 많아서

숨 쉴 공기도 부족해 보일 정도였다. 그러니 서울로 가는 첫 여행길이 얼마나 설레었겠는가.

코스는 더욱 환상적이었다. 경주에서 출발해 대전의 엑스포와 용인의 에버랜드를 거쳐 서울의 63빌딩과 LG트윈 타워로 이어지는 미래지향적이면서도 균형 잡힌 좋은 코스였다. 내가 만약 교장 선생님이었더라도 이렇게 학생들이 바랬던 꿈(에버랜드, 63빌딩)과 학부모들의 교육적인 목표(대전 엑스포, LG트윈 타워)를 만족하게 하는 여행 일정을 짜는 것은 쉽지 않을 듯했다.

그렇게 우린 수학여행 날이 되어 학년 전체가 줄지어진 버스를 타고 서울로 출발했다. 첫 번째 목적지인 대전 엑스포는 거대했다. 사실 대전 엑스포에서는 꿈돌이밖에 기억나지 않는다. 서로 꿈돌이 옆에서 사진을 찍겠다고 자리싸움을 하고 꿈돌이를 한동안이나 못살게 굴었다. 늦었지만 그 당시 꿈돌이 옷을 입었던 아르바이트생에게 깊은 사과를 보낸다. 먹고살기가 참 힘들다.

그 후 도착한 에버랜드에서는 진정한 놀이공원은 어떤 것인지를 알게 되었다. 계속 짝퉁만 입다가 큰 마음 먹고 브랜드 옷을 꺼내어 입었을 때의 기분이랄까. 경주에도 경주월드가 있지만, 경주월드 안의 오락실에서만 놀다 갈 정도로 놀이기구가 재미없었다. 경주월드의 롤러코스터 스페이스 2000(이 당시만 해도 굉장히 미래지향적인 이름이었다)은 떨림이 너무 심해 스릴은커녕 양 사이드 바에 머리를 하도 박아 아픔밖에 없었고, 청룡열차는 초등학생이 유치원생이나 타는 거라고 무시할 정도로 시시했다. 청룡은 커녕 도롱뇽도 안 되어 보였다.

하지만 에버랜드의 독수리 요새는 급이 달랐다. 상상 속에만 존재하는 청룡은 서울 물을 먹은 독수리에게 상대가 되지 않았다. 독수리 요새의 속도감과 그에 걸맞은 스릴감(이라 말하고 속으로는 공포감이라 한다)은 기대 이상이었다. 단전이 짜릿한 느낌을 5초마다 한 번씩 받았다. 놀이기구를 타면서 그만 타고 싶다는 생각을 처음으로 했다. 사실 눈물이 나올 것만 같았다. 하지만 친구들 사이에서 기는 죽을 수 없기에 식겁한 표정으로 내린 친구들을 향해 "와 죽인다! 야 한 번 더 타자!"라고 떠들어댔다. '아니야 이제 그냥 가자'라고 말해주길 바라는 내 마음속의 외침과 함께 말이다(다행히 한 친구가 울어서 그만 탈 수 있었다. 그때 고마워서 나도 눈물이 나올 뻔했다).

에버랜드에서 쾌락(이라 말하고 속으로는 공포감이라 한다)의 진보를 느끼고 우리는 63빌딩으로 향했다. 서울에 도착해 한강을 건너며 마주한 황금빛의 63빌딩. 저금통과 교과서에서만 보던 63빌딩보다는 생각보다 누리끼리한 색이어서 아쉬웠지만 그

높이는 대단했다. 버스에서 모두 잠들어있다가 한 친구의 "63빌딩이다!"라는 외침과 동시에 모두가 일제히 잠에서 깨어 창문 밖을 바라보았다. 군대에서 텔레비전에 소녀시대가 나왔을 때의 집중도와 맞먹을 정도였다. 그리고 우리는 창문에 손가락을 대고 집중했다. 이게 정말 63층인지 우리는 모두 한 층씩 세기 시작했다. 달리는 버스 안에서 정확히 층수를 세는 것은 어려워 친구들 사이에 63층이 맞다, 아니다 설전이 한동안 벌어지기도 했다. 텔레비전 속 연예인을 실제로 본 것처럼 우리는 한동안 그 광경을 눈에 담기 위해 노력했다. 지금이라면 모두 스마트폰을 꺼내어 사진을 찍겠지만, 그런 것이 없던 당시에는 마치 말로 그림을 그리듯 눈에 비치는 모습을 언어로 표현하기에 바빴다.

60층의 높이를 순식간에 오르던 63빌딩의 엘리베이터와 저 멀리 우리 집도 보일 것만 같았던 전망

대. 물론 일반적인 수학여행의 추억처럼 베개 싸움이나 몰래 가져온 알코올의 맛을 느끼는 것도 있지만, 첫 수학여행이자 첫 서울 여행의 그날은 낯선 곳이 주는 생경함으로 가득했다. 그것이 설렘이었든 두려움이었든 간에 모든 정신은 새로운 것을 기억하고자 했던 순간들이었다. 그때부터였을까? 여행지로 가는 동안에는 어떤 새로운 것들이 기다리고 있을지에 대한 기대들로 가득하다.

배움을 닦는 여행이라 해서 불린 수학여행修學旅行. 그 배움이란 것이 매일 학교에서 느끼는 익숙함보다 낯선 곳에서의 생경함으로 인해 얻게 되는 여러 감정들이지 않을까. 그렇기에 어찌 보면 낯선 곳으로 떠나는 모든 여행이 수학여행이라 불러도 틀리지 않을 듯하다.

축구왕 슛돌이

°첫 생일 선물

아마 내 기억이 맞다면 우리 집은 지금까지 단 한 번도 생일 파티를 해본 적이 없다. 그게 부모님이나 장남이든 막내든 간에 말이다. 그나마 특별한 것이 있다면 함께 하는 아침 식사에 미역국과 귀한 날에만 볼 수 있는 잡채가 나오는 정도이다. 그래서인지 나에게 생일이란 잡채를 먹는 날로 한동안 기억되고는 했다.

그렇다고 슬프거나 섭섭하지는 않았다. 다섯 채 정도가 모여 사는 우리 마을에는 그 어느 집도 생일 파티를 하지 않았기 때문이다. 이웃집 형이 서울대에 합격해서, 돌아오는 그 형의 생일에 동네 사람들이 모두 모여 소 한 마리를 잡아 배부르게 먹었던 것이 우리 동네의 유일했던 첫 생일 파티라 할 수 있을 것이다. 그렇다면 나의 첫 생일 선물은 언제였을까?

아마 일곱 살 때쯤이었던 것 같다. 깊숙한 산골 마을에도 문명의 발달로 텔레비전은 집집마다 있었다. 그 당시 텔레비전에서는 〈축구왕 슛돌이〉가 대유행이었다. 초딩들의 프라임 타임인 오후 다섯 시를 차지하던 만화영화였다. 그즈음 모든 스포츠의 시작에는 만화가 큰 동기부여가 되었다. 〈축구왕 슛돌이〉를 보며 축구라는 것을 처음 해봤고, 〈슬램덩크〉를 보고 난 뒤 농구를 처음 해봤다. 하지만 이 산골 동네에 축구공을 가진 집은 아무도 없었다. 나는 영화 〈쿨러닝〉에서 봅슬레이 장비가 없어 욕조 속에서 연습하던 자메이카 선수들처럼, 축구공 대신 발톱만 한 돌을 찾아 이리저리 차고 다녔다. 이렇게 열악한 환경 속에서 축구를 했기에 지금도 소위 말하는 '개발'이라 불릴 수밖에 없으리라 나름의 합리화(그런데 왜 농구도 못하는 걸까?)를 해본다.

매일 수업이 끝나면 집 앞에서 형과 함께 돌을 차며 놀았다. 친구들과 함께 나름의 전술도 짜고, 〈축구왕 슛돌이〉처럼 진짜 축구 흉내도 내보고 싶었지만, 이웃집까지 가기에는 너무나 먼 산골이었기에 주로 형과 나, 둘이서 축구를 하는 날이 많았다. 하지만 둘 다 수비는 하기 싫어서 가상의 수비수를 만들어 형과 함께 공이 아닌 돌을 차며 이리저리 슛을 했다. 섀도복싱이 아닌 섀도 축구를 한 것이다. 형과 나는 한쪽 다리를 뒤로 잔뜩 올려 만화에 나오는 독수리 슛도 따라 해보고, 작은 돌을 잔뜩 모아다가 한 번에 차면서 우리만의 도깨비 슛도 날리며 놀았다.

그렇게 노는 우리가 아버지는 딱해 보였는지 혹은 귀여워 보였는지, 일곱 살이 되던 내 생일 아침에 아버지는 검은색 봉지 두 개를 형과 나에게 주었다. 잡채를 정신없이 먹던 것을 멈추고 우리는 의문의 봉지를 풀어보았다. 봉지 안에는 검은색 신발이 있었는데, 신발 밑창에는 검은색 바둑알 같은 것들이 듬성듬성 박혀 있었다. 바로 슛돌이가 신고 달렸던 축구화란 것이었다. 형과 나는 허겁지겁 식사를 마무리하고(귀한 잡채를 두고도 빠르게 식사를 마쳤으니 얼마나 설레었길래!) 마당으로 나가 축구화를 신어보았다. 그걸 신으면 무언가에 올라서 있는 느낌이었고, 운동화와는 다른 표면의 단단함이 돌을 수십 번 차더라도 전혀 아플 것 같지 않았다.

나는 그날부터 학교에 갈 때나 산딸기를 따러 산

에 올라갈 때, 한겨울 얼어붙은 논에서 스케이트를 탈 때에도(그냥 운동화보다 훨씬 잘 미끄러진다) 언제나 그 축구화만 신고 다녔다. 매일 학교를 마치고 집에 돌아와 하는 일은 축구화 밑창에 붙은 소똥이나 진흙을 정성스레 닦는 일이었다. 아스팔트 길에서 신고 뛰어 가다가 미끄러져 엄마에게 압류당하기 전까지는 말이다.

아스팔트 길에 미끄러져 넘어진 후로는 겁이 나 축구화를 신거나 축구를 자주 하지는 않았지만, 아버지가 사준 축구화는 밑창이 닳아 없어질 때까지 언제나 나의 보물 1호였다. 그 축구화를 볼 때마다 일곱 살의 생일날, 노을이 지던 집 앞마당에서 첫 생일 선물에 신나 이리저리 뛰어다니던 형과 나의 모습이 생생하다. 시간이 지나 성인이 되어 회사에서나 혹은 사랑하는 사람에게 생일 선물을 받곤 하는데, 그때마다 일곱 살의 축구화가 한 번씩 기억난다.

그렇게 첫 생일 선물에 대한 기억은 매해 2월 10일이 되면(나의 지인들은 이날을 기억하도록!) 내 마음속에 1년에 한 번 볼 수 있는 벚꽃처럼 어릴 적의 추억이 잠시 왔다 간다.

2부

그렇게 시간은 흘러가고

창문의 가격

°처음으로 갖게 된 나의 방

어렸을 적 시골에 살 때에는 단칸방의 집이라 언제나 네 가족이 한 방에서 옹기종기 모여 살았다. 초등학교 고학년이 되어 도심으로 이사를 왔을 때 내 인생 처음으로 나만의 방이 생기나 기대했지만, 몸이 편찮은 할아버지가 우리 집에서 지내게 되어 나는 형과 함께 방을 사용했다. 고등학교 때에는 3년 내내 기숙사에 있느라 여섯 명이 한 방에 지내는 군대 내무반 같은 생활을 했고, 대학교에 진학해서는 집이라는 공간이 이렇게 비싼 가격이라는 것의 놀라움과 함께 혼자만의 공간에 대한 꿈을 미루고 고등학교 친구와 함께 4년 동안 자그마한 원룸에서 지냈다.

어렸을 적 내 공간이 생기면 어떻게 꾸밀까 하는 설렘과 생각들은 나이가 들며 점차 사라지게 되었다. 하이틴 로맨스를 꿈꾸던 나에게 세상은 남중-남고-공대로 이어지는 팔자를 선사했듯이, 공간에 대한 로망 역시 세상은 네 맘대로 되지 않는다는 것을 언제나 일깨워주었다. 그렇게 시간이 흘러 군대에 다녀온 뒤 창업이라는 호기로운 꿈을 안고 나는 서울로 올라왔다. 서울에서 지낼 곳이 없었기에 마포구청역 근처에서 자취하던 친구의 집에 얹혀살며 창업을 준비했다. 하지만 호기로웠던 창업의 꿈은 한철의 벚꽃처럼 반년 만에 사그라들었지만(이렇게 말하고 '망했다'라고 이해한다), 내가 좋아하는 일을 멈출 수 없어 학교로 돌아가지 않고 전공과는 무관하게 경기도 분당에 위치한 작은 회사에 입사했다.

천당 아래 분당이라 했다지만 나에겐 그냥 눈뜨면 코 베어 간다는 무심한 세상의 한중간에 있는 것만 같았다. 회사가 위치한 분당 서현역의 아침은 바쁘게 출근하는 회사원들과 밤이면 혈기 가득한 젊은이들로 붐비는 곳이었다. 그러나 나는 둘 중 어느 곳에도 속하지 못한 것 같았다.

그 당시에도 마포구청역에 위치한 친구의 집에서 지내며 분당으로 출퇴근을 했는데, 출근에만 두 시간이 소요되었다. 한 달 동안 그렇게 출근을 하다가 도저히 안 되겠다 싶어서 회사 주변의 지낼 만한 집을 찾아보았다.

그 당시 나는 창업을 하겠다는 것 때문에 안정적인 길을 원하는 부모님과 사이가 안 좋았고, 부모님도 넉넉히 도와줄 수 있는 형편이 아니었다. 공모전에서 받은 상금 500만 원으로 서울 생활을 영위하고 있었지만, 그것마저도 금세 바닥이 날 형편이었다. 갈 곳 없는 지방러에게 자금이라는 것은 한철 벚꽃 같던 창업의 꿈만큼이나 빠르게 사라졌다. 쓰고 남은 100만 원 남짓한 돈으로 방을 구하려고 하니 하늘의 별 따기였다. 나로서는 최소 500만 원이 넘는 보증금을 구할 방도가 없었다. 그때의 나는 부모님이 그렇게 걱정했던 내 미래도 보증할 수 없었지만, 한 사람 머물 수 있는 공간을 빌릴 보증금조차도 없었다.

그러던 중 황량한 전봇대에 애처롭게 붙어 있는 고시원 전단지가 눈에 들어왔다. 난 고시高試를 칠 생각은 없었지만, 장차 공무원이나 변호사를 준비하는 것만으로도 보증금 없이 매달 월세만 꼬박꼬박 내면 지낼 수 있는 고시원이란 데가 있다는 걸 알게 되었다. 그렇게 회사 근처에 있는 수많은 고시원 중한 곳으로 들어갔다. 안내 데스크에 있던 나와 나이가 엇비슷한 청년이 고시원을 안내해주었다. 가격이 다른 두 개의 방을 보여줬는데 창문이 있는 방은 월 35만 원이었고, 창문이 없는 방은 월 28만 원이었다. 1.5평 정도의 작은 방이었지만 창문이 있고 없음에 따라 가격이 크게 차이 났다. 그제야 태어나서 처음으로 '창문'의 가격을 알게 되었다.

한 푼이라도 아껴야겠다는 생각에 창문 없는 방을 선택했고 그날 바로 짐을 싸 들고 들어갔다. 방 안에는 딱 내 키 만한 침대가 있었고, 침대 위에 봉으로 된 옷걸이와 바로 옆의 책상이 내 방의 끝이었다. 창문이 없다 보니 시계를 보지 않으면 지금이 한낮인지 한밤중인지 알 수 없었다. 간단히 짐 정리를 끝내고 다음날 출근을 위해 침대에 눕고 불을 껐는데, 마치 내 몸이 침대 밑으로 깊숙이 빨려 들어가는 기분이 들었다. 아마도 그려지지 않는 내 미래가 그만큼 아득했기 때문이리라.

방음이 잘되지 않아 흥얼거릴 수도 혼잣말을 할 수도, 엉엉 울 수도 없었다. 그 고시원은 내가 하고 싶은 일을 하겠다는 희망과 설렘으로 붕 떠 있던 나를 현실이라는 땅에 붙어있도록 해준 중력 같은 공간이었다. 이게 명확한 내 현실이었다. 그곳에 누워 있으면 수많은 생각과 잡념들이 머릿속에서 떠나지 않아 한동안 잠을 이룰 수 없었다.

하지만 인간은 적응의 동물이라 했던가. 나는 빠르게 고시원 생활에 적응했다. 사실 어쩌면 고시원이라는 공간은 참으로 바쁜 현대인들에게는 효율적인 공간이었다. 저렴한 돈으로 도심에 보금자리를 가질 수 있고, 온수 걱정도 없고, 언제나 따뜻한 밥과 컵라면이 준비되어 있다. 일에 미쳐 지냈던 그 당시의 나에게는 꽤 합리적인 공간이었다.

어쩌다 보니 그렇게 1.5평 공간의 작은 고시원이 내 인생의 첫 '나의 방'이 되었다. 삶은 예상하기 어렵다고 하지만 서울에 와서 지내게 될 줄도, 내가 원하는 일을 하게 될 줄도, 그리고 내가 고시원에서 지내게 될 줄도 전혀 상상하지 못했다. 그리고 남들의 기준에 맞춰 살던 내가 아직 하고 싶은 일을 하고 있는 것도, 그 일로 인해 지금은 작게나마 작은 오피스텔의 보증금을 낼 수 있게 된 것도 참으로 놀랍고 감사한 일이다.

하지만 고시원 방에서 처음으로 잠을 잘 때 수많은 불안감과 걱정으로 가득 찼던 나의 하루는 지금 역시도 크게 다르지는 않다. 인생도 그리고 걱정도 방 크기와는 전혀 비례하지 않는가 보다.

8층 같은 삶

°첫 이사

지금은 너무 흔해졌지만 아파트에서 사는 것이 대단한 자랑거리(시골 출신 사람들에게만 해당하는 이야기일지도)가 되는 때가 있었다. 한 번씩 아버지와 함께 읍내에 나갈 때면 심심찮게 볼 수 있었던 아파트를 보며 형과 나는 '저기에 살면 얼마나 무서울까?' 혹은 '꼭대기에 살면 너무 높아 흔들리지는 않을까?'라는 토론을 종종 하고는 했다.

우리 집은 내가 태어나기 전부터 돼지를 키우는 축산업을 했다. 부모님의 사업이 생각했던 것보다 잘되어서 경주에서도 알아주는 축산업자였다. 그런 유명세(?)에 힘입어 1995년 우리 가족은 깡촌인 율동리를 벗어나 경주 도심의 '아파트'라는 신세대 건축물로 주거지를 옮기는 호황을 누렸다. 형과 나는 이사 전날부터 기대감에 잠을 설쳤다. 연탄불을 피우며 단칸방에 온 가족이 모여 잠을 자던 시절을 지나, 가스보일러에 게다가 각자의 방이 생긴다는 파격적인 조건으로 인해 밤잠을 설칠 수밖에 없었다.

이사 당일 날의 풍경 중 가장 기억에 남는 것은 고층의 풍경이나 한참 토론했던 '아파트는 얼마나 흔들릴까'에 대한 확인보다는 '엘리베이터'와 '인터폰'에 관심을 모조리 빼앗겼던 것이다. 첫 이사가 기억나는 이유도 '이사'라는 행위에서 일어나는 추억보다는 태어나서 처음으로 엘리베이터를 타고 인터폰을 사용해 본 날이기 때문이다. 드라마에서나 볼 수 있던 엘리베이터를 타는 기분이 어떨지 궁금했다. 우리 형제에게 드라마는 시골에서의 삶과 도시에서의 삶을 전달해주는 일종의 매개체이자 버킷리스트 생성소였다.

형과 나는 아파트에 도착하자마자 방으로 들어가지 않고 밖으로 나와 드라마에서만 보았던 엘리베이터를 몇 번이나 타고 왔다 갔다 했다. 그 기구는 참으로 신기했다. 작은 공간으로 들어가 버튼만 누르면 몇 초 후 우리가 원하는 층에 도착해 있었다. 우리는 버튼만 누르고 가만히 있었는데 말이다! 마치 만화에서만 보던 순간 이동이 이런 것이지 않을까 싶었다.

신이 난 형과 나는 1층부터 꼭대기 층인 15층을 연속해서 세 번이나 왔다 갔다 했다. 그다음으로 형은 15층부터 엘리베이터를 타고 내려가고, 나는 계단으로 내려가 1층에 먼저 도착하는 사람이 이기는 내기를 했다. 나는 엘리베이터보다 먼저 도착하기 위해 층마다 엘리베이터 버튼을 누르며 전속력을 다해 뛰어 내려갔다. 엎치락뒤치락하며 고지를 향해 전속력으로 달려가는 순간, 1층으로 내려가는 계단에서 아파트 주민들이 좀처럼 오지 않는 엘리베이터를 기다리며 씩씩대고 있는 광경을 발견했다. 게다가 경비 아저씨까지 함께 있었다. 난 급정거해서 계단 옆으로 재빨리 몸을 숨겼다. 형 생각이 불현듯이 났으나 이미 엘리베이터는 내 손을 떠나 1층에 도착했다. 형은 치열한 경기 결과를 확인하기 위해 설레는 마음으로 엘리베이터 문이 열리기를 기다렸을 테지만…. 그다음은 상상에 맡기겠다. 아마 그때 형이 우는 모습을 처음 보았던 것 같다. 형 미안.

엘리베이터보다 더 신이 났던 것은 역시나 인터폰이다. 형과 나는 번갈아 가며 인터폰을 누르고 점

프해 얼굴이 화면에 나오는지 서로 확인하고 답장해 주었다. 나는 키가 작았기에 점프를 하지 않으면 얼굴이 화면에 보이지 않았다. 우리는 각자의 위치에 서서 대화를 나누었다.

"히야, 내 얼굴 나오나?"

"아니 좀 더 뛰어봐라. 머리카락밖에 안 빈다."

"지금은 나오나? 히야!"

"어 나온다! 내 목소리는 들리나?"

"어어! 들린다!"

우리는 그렇게 한동안 각자의 역할을 몇 번씩 바꿔 가며 화면 속에 아는 사람의 얼굴이 나온다는 것에, 그리고 서로 대화를 할 수 있다는 것에 너무나 신기해했다. 아마도 텔레비전 같은 화면 속에 내가 나온다는 느낌이 강했던 것 같다. 마치 서로가 텔레비전 속 주인공이 된 듯이 말이다. 우리 형제만의 〈마이 리틀 텔레비전〉 같은 느낌이랄까. 그렇게 사고뭉치 형제들이 밖에서 아파트의 이곳저곳을 돌아다니는 동안 어머니는 집안 구석구석을 한참이나 닦았다. 마치 애지중지하는 도자기를 들여놓은 것처럼. 얼마 전 어머니에게 "우리 아파트로 처음 이사간 날 기억해?"라고 물어봤는데 어머니는 그날이 자기 인생에서 가장 기억에 남는 한 장면이라고 했다. 처음으로 우리 집이 생겼던 날이고, 두 형제가 남들처럼 도심에서 이것저것 경험하지 못하는 것에 대한 미안함이 해소되는 날이라 잊을 수 없었다고 했다.

아직도 기억에 생생한 첫 이사의 장소 '삼성아파트 101동 806호'. 15층 아파트의 중간에 위치한 8층이었기에 너무 높지도, 그렇다고 낮지도 않은 중간층이라고 박수 치며 들어갔던 곳. 아버지는 우리 가족도 8층처럼 너무 과하게 행복하지도 않고, 너무 불행하지도 않게 그저 평탄했으면 좋겠다는 말을 자주 했다. 어려운 가정환경으로 여러 난관을 넘기면서 때로는 부딪히고, 상처 받으며 버텨온 부모님이기에 사랑하는 이는 평탄하기를 바란 것이다.

나 역시도 나이를 먹으며 언제부터인가 나를 가장 행복하게 만드는 대상이 가장 고통스러운 기억을 안겨줄 수 있다는 것을 알게 되었고, 기쁨이라는 감정이 슬픔으로 이어질 수 있다는 것을 경험하면서부터 더 없는 기쁨이나 지복至福에 가까운 감정들이 막연한 반가움으로 다가오지 않았다. 아마도 아버지의 말씀이 이런 것이지 않았을까.

아버지의 바람과 다르게 나는 현재도 '8층 같은 삶'을 살지는 못하고 있다. 평탄하기보다는 멀리 돌아가는 길이라도 내가 진정 원하는 것이라면, 그 길을 선택하는 용기가 있길 바라는 나이기에 더 그런 것일지도 모르겠다. 하지만 우리 부모님과 형은 행여나 너무 낮은 층에 있게 되더라도 쉽게 올라갈 수 있는 엘리베이터 같은 도움을 내가 줄 수 있었으면 한다. 사랑하는 사람은 평탄하길 바라는 마음은 부모나 자식이나 크게 다르지 않은 듯하다.

술이 나를 마신다

°처음으로 필름이 끊긴 날

술은 언제 처음 마셔봤을까? 내 기억 속의 첫 술은 초등학교 5학년 즈음이었다. 그 당시에는 부모님이 친구들과 함께 종종 우리 집에서 계모임을 했다. 계모임에는 언제나 맛난 안줏거리와 맥주가 함께했다. 마치 보리차에 콜라 거품이 떠 있는 것 같은 모습의 액체는 어떤 맛을 내기에 부모님은 마실 때마다 '아~ 시원하다!'라는 말을 할까라는 호기심이 있었다. 단순히 차가워서 시원하다는 말은 아닐 것임을 목욕탕에서 아버지의 시원하다는 말로 짐작할 수 있었다.

마침 계모임이 끝나고 집까지 찾아온 친구들을 배웅하러 부모님이 자리를 비운 사이, 이때다 싶어 컵에 남은 맥주를 한방에 들이켰다. 하지만 그 느낌은 평양냉면을 처음 먹었을 때처럼, 예상치 못한 맛에 혼란스러웠다. 내가 생각한 맛과 너무나 달랐기 때문이다. 나는 지금까지 맥주의 맛이 학교 앞 점방(작은 슈퍼마켓)에서 파는 맥주 사탕과 같은 맛이기에 어른들이 저렇게나 좋아한다고 생각했는데, 세상에 달지 않고 쓰다니! 평양냉면을 처음 맛보고 '이건 뭐지? 난 이 맛을 모르는 비주류인가?'라는 일종의 소외감을 첫 맥주에서 먼저 느꼈다. 그 당시에는 지금처럼 내가 이렇게 맥주를 좋아하게 될 줄은 꿈에도 몰랐지만 말이다.

여하튼 다시 주제로 돌아와서 술을 마신 게 아닌 술이 나를 마셔서 처음으로 필름이 끊어졌을 때가 언제인지에 대해 생각해보자. 솔직히 그날을 잊을 수는 없다. 굳이 생각하지 않아도 한 번씩 섬뜩하게 찾아온다. '쪽'이라는 것이 솔드아웃되는 경험을 했으니 말이다.

때는 2008년, 나는 대학교 2학년이었다. 군대를 갓 제대하고 끓어오르던 열정을 주체하지 못하던 시절, 대학교 친구들과 함께 그날도 언제나처럼 술을 마셨다. 그때까지 나는 자칭 그리고 타칭 술이 매우 센 것으로 유명했다. 그리고 이건 굳이 노력해서 얻은 결과가 아닌 우리 가문 대대로 내려오는 유전적인 결과라 생각했다.

내가 기억하는 친할아버지는 매일 물처럼 막걸리를 마시는 분이었다. 언제나 할아버지의 방 앞에는 막걸리 네다섯 병이 줄지어져 있었고, 막걸리 심

부름이 나의 하루 일과 중 하나였다. 그리고 아버지는 인덕으로 표현되는 볼록한 뱃살만큼이나 엄청난 술 해독량을 가졌다. 혼자 소주 네 병을 마시고도 다음날 아침에 너무나 멀쩡히 새벽에 일어나 출근했다. 아버지가 숙취에 괴로워하는 것을 나는 단 한 번도 본 적이 없다. 나 역시도 그때까지는 그랬다. 처음 대학교 오리엔테이션에 가서 플라스틱 쓰레기통에 소주를 넣어 마시는 현장에서도(기계공학부가 좀 이렇다) 몇 안 남았던 생존자 중 한 명이었다. 그래서 술에는 언제나 자신이 있었다.

하지만 그날 신은 나에게 인간의 부족함을 일깨워 주었다. 술자리는 무르익어 갔다. 매일 남자들끼리만 술을 마시다가(기계공학부는 여자를 찾기 어렵다가 아니라 찾을 마음도 없어지는 아주 기계적인 곳이다) 다른 과 여자 후배들과 술을 마시니 허세에 심취해 남녀를 가리지 않고 흑기사를 자처하는 자충수를 두기 시작했다. 솔직히 이때부터 내 머릿속에는 이날의 기억이 없다. 이제부터는 철저히 친구들의 고증으로만 이루어진 이야기이다.

어느덧 시간은 지나 새벽 서너 시가 되었을 때 나에게 약간의 증상이 보이기 시작했다. 이날 알게 된 나의 주사는 두 가지이다. 하나는 휴지를 잘게 찢는 것, 그리고 또 하나는 앞에 있는 작은 물건들을 친구들에게 던지는 것이다. 안주로 사 온 과자나 휴지 등을 말이다. 나는 삼십 분 동안 첫 번째 증상인 휴지를 잘게 찢는 행동을 하더니 그 후 그것들을 친구들에게 말아서 던지는 이상 행동을 시작했다. 휴지가 다 떨어지니 안주로 사 온 팝콘을 한 알씩 친구들에게 던지기 시작했다고 한다. 난 모른다. 그냥 그렇다고 한다.

친구들의 고증에 따르면 내 얼굴은 너무나 천진난만하게 즐거운 표정이었다고 한다. 마신 술은 자리를 못 찾고 1/3은 입 옆으로 흘렀다. 마치 임꺽정이 막걸리를 들이붓듯이(마시는 행동이지만 거의 몸에 때려 부었다) 말이다. 그제서야 친구들은 어느 정도 심각성을 눈치채고 나를 달래어 기숙사로 보냈다고 한다. 의리 없는 친구들은 함께 술자리를 마무리하지 않고 그냥 나만 기숙사로 보냈다고 한다. 경쟁자 하나를 물리친 것이다. 물론 나라도 그랬을 테지만 의리 없다 이놈들!

이때 나는 집으로 곧장 갔어야 했다. 아니 그래야만 했다. 이때부터는 고증도 없고, 기억도 없고, 오로지 결과만 남아 있다. 정말 오랜만에 숙면을 취했다. 깊은 잠에 한창 떠다니던 무렵 누군가가 나를 깨웠다. 아름다운 햇빛이 비쳤고, 사람들의 소리도 약간씩 들렸다. 일어나서 시계를 봤다. 오전 9시 30분이다. 1교시가 얼마 남지 않았다. '어서 씻고 강의실 앞에서 커피나 한 잔 해야지'라는 생각에 일어났는데 싸한 기분이 몰아쳤다. 기숙사가 이렇게 천장이 높았었나 싶었다.

나는 학교 본관 중간에 있는 안내 데스크 위에서 눈을 뜬 것이다. 문제는 날 깨운 이는 경비아저씨였고, 주위에 열댓 명이 넘는 학생들이 서서 나를 바라보고 있었다. 나는 소스라치게 놀라 어서 정신을 차리고 자리를 벗어나려고 했다. 내가 미쳐도 단단히 미쳤구나 싶었다.

하지만 역시나 세상은 호락호락하지 않았다. 신발이 없었다. 분명 나는 문명화된 인간이었기에 신발을 신고 술자리에 임했건만 맨발로 본관 중앙에 우두커니 서 있었다. 창피함에도 불구하고 두리번두리번하며 신발을 한동안 찾았지만, 그 어디에도 없었다. 그때부터 신발 없이 학교 캠퍼스를 누리는 자연주의적인 여정이 시작되었다. 맨발로 기숙사까지 전속력으로 뛰어갔다. 한 번씩 사람들이 많이 지나

가면 기둥에 숨었다가 이동하면서 말이다.

　기숙사에 도착해서도 한동안 술이 깨지 않았다. 이게 무슨 일인가 싶었다. 다행히 신발을 제외하고는 잃어버린 것은 없었지만 상당량의 '쪽'을 잃어버렸다. 그때부터 본관은 웬만하면 출입을 피했다. 혹시나 그날 바람처럼 사라졌던 맨발의 짐승을 누군가 알아볼까 싶어서. 그나저나 내 신발은 어디에 있는지 아직도 모르겠다.

　내가 이러한 주사 에피소드를 친구에게 이야기해주면 한바탕 웃음이 끊이지 않는다. 분위기가 안 좋을 때 일종의 필살기로 에피소드를 팔아먹고 있다. 하지만 그럴 때마다 무언가 활력과 생명을 뒤바꾸는 스팀팩 같은 느낌을 받는다. 이전의 주사 경험 때 자칫하면 충분히 위험한 사고가 날 수도 있는 상황이었기에 한 번씩 그날을 되짚어보면 싸하기까지 하다. 친구들이 모이면 군 생활에 대해 고생했던 이야기로 웃고 즐기지만 남자들의 제일 고통스러운 꿈이 재입대하는 꿈인 것처럼 주사도 이 정도면 충분하니 이제는 되도록 조심하려고 한다. 무릇 피할 수 있는 것은 피하는 것이 상책이다.

아, 내일도 회식이구나.

주파수 너머의 온기

°처음으로 가족과 떨어졌던 날

텔레비전을 보다 보면 나도 모르게 한 번씩 부럽다고 느낄 때가 있다. 드라마 〈목욕탕집 남자들〉이나 시트콤 〈웬만해선 그들을 막을 수 없다〉와 같은 프로그램에서 보면 어렵지 않게 볼 수 있었던 대가족의 모습들. 언제나 다 같이 모여 식사를 하고, 매일 새로운 사건들이 일어나는 그곳이 참 부러웠다. 무언가 사람 사는 집 같았고, 시끌벅적한 분위기가 정겨웠다.

내가 중학교 2학년이 되고 형이 고등학교 2학년이 되었을 때 우리 집은 급격히 어려워지기 시작했다. 아버지가 하던 축산업이 망해 이사했던 아파트를 팔았고, 그때부터 우리 가족은 떠돌이 생활을 시작했다. 아마 2년 동안 네 번은 이사한 것 같다. 점점 더 작고 외진 곳으로 이동했다. 그때쯤부터였을까, 가족 간의 대화는 점점 사라지고 정적만이 맴돌았다. 그래서 부러웠던 것일까.

한창 공부할 때 전학을 가면 학업에 방해가 있을 것으로 생각했던 부모님은 멀리 이사를 하면서도 매일 아침저녁으로 형과 나를 두 시간 거리의 학교까지 통학시켜주었다. 하지만 그것도 여섯 달이 넘으니 더 이상 계속하기에는 무리였다. 결국 부모님은 나와 형을 학교 근처의 이모 집에서 지내게 했다. 아마도 부모님은 두 시간이라는 거리를 떠나서 점점 어려워지는 현실을 자식들에게 보여주기 힘들었을 것이다.

집에서 짐을 싸가지고 이모 집에 도착했던 날이 기억난다. 온종일 퉁명스럽게 있었다. 이모가 물어도, 사촌 누나들이 재미있는 이야기를 해줘도 대답을 하는 둥 마는 둥 삐쳐 있었다. 가족과 떨어져 지내야 하는 것이 무섭고 불안했다. 한편으로는 힘들어도 함께 힘들고, 같이 버틸 수 있는데 따로 사는 선택을 한 부모님이 밉기도 했다. 그렇게 엄마는 이모에게 우리를 거듭 부탁하고 집으로 돌아갔다. 나와 형은 이모 집의 빈방에 짐을 풀고 첫날을 보냈다. 중학교 2학년 정도 되었으면 철도 좀 들어야 했건만 가족과 떨어져 지내는 것이 그렇게나 무서웠나 보다. 나는 방에 들어와서도 종일 울기만 했다. 엄마가 약속했던 잠시만의 이별이 아닌 왠지 다시는 돌아올 수 없는 다리를 건너는 것만 같았다.

형은 그런 나를 달래주지 않고 매몰차게 화를 냈다. 이제 그만 징징 짜라고. 머스마 새끼가 뭐 그렇게 눈물이 많냐고, 누가 죽은 것도 아니고 한 달에 한 번씩 엄마 아빠 보는데 뭐가 그리 서럽냐고 형은 내게 쏟아내었다. 하지만 사춘기 청년에게도 아직 엄마의 그리움은 컸는지 나는 이불을 머리끝까지 덮어쓰고 숨죽여 훌쩍임을 계속했다. 내 편은 아무도 없는 듯했고, 형도 부모님도 모두 밉기만 했다.

그때 형은 집에서 가져온 라디오 전원을 켜고 살포시 이불 옆에 두고 갔다. 라디오에서는 사람 소리가 들렸고, 각자의 이야기들이 흘러나왔다. 우리뿐만 아니라 누구나 이런저런 일을 겪으면서 산다는 걸 나에게 이야기하는 것처럼. 시간이 지나면서 나도 이모 집 생활에 약간씩 적응해 나갔다. 이모 가족은 고등학생이던 경필 누나와 대학생이던 경옥 누나와 동주 형 그리고 이모와 이모부 이렇게 다섯 명이

한 가족이었다. 사촌 누나인 경필이 누나와 경옥이 누나는 내가 학교에 갔다 오면 오늘은 학교에서 무슨 일이 있었는지, 텔레비전 프로그램은 요즘 뭐가 재미있는지 말을 걸어주었다. 대학교에 다니던 동주 형은 언제나 나에게 장난을 걸면서 꼭 하루에 한 번씩은 나를 웃게 했고, 공무원이었던 이모부는 저녁 식사를 할 때면 언제나 좋은 말씀을 하나씩 해주었다. 이모는 엄마 대신 매일 도시락도 싸주고, 교복도 챙겨주고, 빠진 건 없는지 물어봐 주었다.

매주 수요일 저녁이면 나와 형 그리고 이모 가족이 모두 거실에 모여 〈이야기 속으로〉를 보았던 기억이 선명하다. 그 당시 MBC에서 하던 인기 프로그램이었는데, 언제나 여름이면 귀신이 나오는 공포 이야기로 밤잠을 설치게 했다. 무더운 한여름이었지만 이불속에서 빼꼼히 쳐다보던 나의 모습과 거실에 한 움큼 모여 있던 사람들의 온기가 아직도 생생하다. 그렇게 이모 가족은 혹시나 우리 형제가 움츠러들지 않을까 잘 보살펴주었고, 그로 인해 우리에게 비어 있던 무언가가 약간씩 채워지기 시작했다. 그것은 특별한 것은 아니었다. 서로의 안부를 묻고, 잔소리를 하고, 된장찌개가 끓는 소리에 잠을 깨고, 방 너머에서 들리는 서로의 말소리를 듣는 것이었다. 그때 가족이란 것에도 소리가 있다면 이런 것이 아닐까 막연하게나마 생각했다. 내가 매일 사건과 사고가 끊이지 않는 드라마나 시트콤을 보면서 부러워했던 것도 그리 특별한 것이 아닌, 서로 부대끼며 지내는 일상의 소소함이었다.

그 후 기숙사에서 고등학교 시절을 보내고, 타지에서 대학과 직장 생활을 하면서 어느새 집에서 나와 살게 된 지도 15년이나 되었다. 가족과 떨어져 지내는 삶이 길어질수록 소리에 민감해지고, 점점 더 인기척을 그리워하게 되는 것 같다.

매일 퇴근하고 도착한 나의 집은 정적만이 가득하다. 부모님 집에서 나와 산 지 15년이나 되었으면 익숙해질 법도 한데 아직도 무엇인지 모를 쓸쓸함이 함께한다. 그렇기에 오늘도 형이 내게 해주었던 것처럼 머리맡의 라디오와 함께 잠을 청해본다. 주파수 너머의 인기척을 느끼며.

인생의 양식

°첫 서른 살의 하루

1 단위의 숫자가 한 바퀴 돌아 0이 되었을 때 우리는 대체로 삶의 많은 변화를 겪게 된다. 처음으로 0이 되었을 땐 청소년이라 불리고, 두 번째 0이 돌아오면 성인이라 불리며 담배나 술과 같은 여러 제한이 풀리게 된다. 그럼 세 번째 0이 돌아오는 서른 살에는 어떤 것들이 달라질까.

어렸을 땐 동네의 서른 살 이상의 사람들에게

는 왠지 형이라 부르면 안 되고 '아저씨'라고 불러야 할 것만 같았다. 호칭 변화의 경계가 있다면 그게 딱 서른인 것만 같았다. 특별한 이유는 없었지만, 왠지 '청년'이나 '어리다'라는 표현보다는 '어른', '아저씨' 같은 표현이 더 어울려 보였다. 스무 살 꽃다운 나이에도 빡빡머리와 군복을 입으면 자연스레 아저씨라는 호칭을 듣게 되지만, 그때는 그게 너무 어색했다. 하지만 나도 어느새 그런 호칭들에 익숙해지는 서른 살이 되었다.

우선 서른 살이 된 뒤 자주 하게 되는 말은 '어느새'라는 일종의 깨달음이다. 세상에서 가장 빠른 새가 있다면 '어느새'이지 않겠냐는 재미없는 생각도 함께…. 여하튼 한때는 어서 이 시간이 빨리 지나가길 바랐던 적이 많았다. 부모님이 자꾸 어린애처럼 대할 때라든지, 술이나 담배에 호기심이 생길 때 혹은 우리 고등학교 바로 옆에 붙어 있던 대학교의 축제 광경을 봤을 때, 빨리 시간이 지나서 나도 이 재미없고 지루한 학창 시절을 끝내고 어른이 되기를 바랐었다.

하지만 그 생각을 한 지가 엊그제 같은데 주위 사람들에게 '어느새 너도 달걀 한 판이네!'라는 말을 듣게 되다니. 쌀쌀한 겨울날 소매로 눈가를 닦으며 훈련소로 들어갔던 기억이 생생한데 어느새 그게 10년 전의 일이 되었다니. 고등학생이던 2002년, 월드컵이 한창일 때 노장이라 불리던 홍명보 선수가 만 서른두 살이었는데 내가 어느새 비슷한 나이가 되어버렸다니. 이런 식으로 '어느새'라는 표현을 쓸 때가 점점 많아지는 시기가 서른이라는 나이에 접어들 무렵인 것 같다.

그렇다고 해서 무언가 슬프거나 다급해지는 것은 아니다. 그냥 다른 때에 비해 세월의 빠름을 조금 더 자주 인지하게 되는 정도이다. 책을 읽을 때 다음

날 다시 보기 위해 책 앞표지의 날개를 읽은 쪽까지 끼워 넣어두는데, 계속 읽다 보면 어느새 앞표지의 날개로 끼워넣기보다는 뒤표지의 날개를 끼워넣는 것이 더 자연스러워지는 때가 온다. 어느새 책 절반 이상을 읽은 것이다. 그때 나는 '어느새 이만큼이나 읽었구나'라는 생각을 하게 된다. 서른이라는 나이가 딱 이 정도 느낌이지 않을까 싶다. '나의 인생이라는 책도 어느새 이 정도 읽었구나'라는 정도랄까. 엄청 재미있는 책은 아니지만 지루하지 않게 여러 사건이 일어나고 있어 다행히 내 인생이라는 책도 나름 즐기면서 읽고 있다. 그때에는 예상하지 못했던 반전의 스토리들도 한 번씩 경험하면서 말이다.

교복을 입고 집을 나설 때마다 안전지대라는 것이 내 인생 어딘가에 있다면 서른 즈음에는 그곳에 들어가 지금과는 다르게 평안한 나날만 보낼 수 있지 않을까 생각하고는 했다. 직장이든, 사랑이든, 돈에 대한 문제이건 말이다. 하지만 서른 살이 된 지금의 나는 그 어느 때보다 더 많이 혼란스럽고, 불안하고 또 외롭기도 하다. 쿨한 사람이 되고 싶었고 인생에 후회하는 일을 많이 남기고 싶지 않았지만, 고작 서른이 넘은 자에게 남겨진 수많은 회한의 자국들이 곳곳에 보이며 '난 왜 그랬을까?'라는 대답 없는 메아리와 함께 지난날의 장면이 알람시계처럼 끊임없이 머릿속에 울려 퍼진다. 영화 〈어바웃 타임〉의 한 장면처럼 두 눈을 질끈 감고 주먹을 쥐면 다시 지난날로 돌아갈 수 있을까 싶어 잠 못 드는 새벽 홀로 두 주먹을 쥐어보기도 한다.

그럼에도 불구하고 세 번째 돌아온 0이 나쁘게만 느껴지지 않는 이유는 기억할 만한 순간들이 많아졌기 때문이다. 누군가 "네 인생의 꿈은 뭐야?"라고 묻는다면, 나는 10년 전과 다름없이 추억만으로도 배부를 수 있는 삶이었으면 한다고 답하겠다. 힘겨웠던 오늘의 하루가, 보는 것만으로 행복했던 그녀의 미소가, 매해 웃게 되는 학창 시절의 추억들과 아련해지는 엄마의 잔소리처럼 마음 한편에 만져지는 추억들이 인생의 양식이 되어 포만감을 주었다.

다행히 서른 번의 봄을 맞이한 내 인생에도 배고플 때 언제든지 꺼내먹을 수 있는 양식이 많아져 길고 긴 겨울이 와도 잘 버틸 수 있지 않을까 싶다. 그게 단맛이든 쓴맛이든 혀가 얼얼한 매운맛이든 말이다. 그리고 다행히 나이가 들면서 쓴맛이 몸에 좋다는 말을 점점 믿게 되었다. 에스프레소 같이 쓰디쓴 나날들도 잘 소화할 수 있음에 세 번째 돌아온 0이 기특하게 느껴진다.

3부

언제쯤이면 잊을 수 있을까

러너스 하이Runner's High

°첫 하프 마라톤

아침이다. 몇 번의 알람이 울리고 나서야 겨우 일어나 라디오를 켠다. 하루가 시작되었다. 화장실로 가서 간단히 세수를 하고 주섬주섬 옷을 입는다. 가볍게 스트레칭을 하고 집을 나선다. 며칠 전부터 아침 조깅을 시작했다. 언제나 밤늦게 자고, 아침 늦게 일어나는 전형적인 올빼미족이던 내가 어쩌다 새벽같이 일어나 하루를 시작하게 된 걸까.

힘든 일이 있었다. 가만히 앉아 있으면 꼬리에 꼬리를 무는 생각에 아무것도 할 수 없었고, 점점 무기력해졌다. 모든 삶의 목적이 한순간에 사라졌다. 왜 멋진 삶을 살아야 하는지, 왜 운동을 해야 하고 책을 읽어야 하는지 의미를 찾을 수 없었다. 내가 어리석게 느껴졌지만 정말 그랬다. 삶의 이유였던 무언가가 내 곁을 떠나고 나자 아무것도 하기 싫었고, 할 이유가 없어졌다.

무기력한 시간들이었다. 하지만 울음도 때가 되면 저절로 그치듯 불현듯 더 이상 이러면 안 되겠다 싶었다. 무엇이든 집중할 수 있는 대상이 필요했고, 그때부터 무작정 무언가를 계획하기 시작했다. 기왕이면 '나는 절대 못 하겠지' 싶었던 무언가에 도전하고 싶었다. 그때 가장 먼저 떠오른 것이 바로 하프 마라톤이었다. 몇 년 전 10킬로미터 마라톤을 달렸던 적이 있다. 완주 후 일주일을 절뚝거렸는데, 그

두 배에 달하는 하프 마라톤은 죽어도 못할 것 같았다. 그래서 가장 먼저 생각난 걸까. 내가 포기했던 대상에 대한 오기일까 아니면 고통에 대한 객기였을까. 어느새 나는 하프 마라톤 신청을 완료했고, 그렇게 시간은 흘러 대회 날이 다가오고 있었다.

달리기는 그렇게 어색한 운동은 아니었다. 예전부터 한 번씩 머리가 복잡하거나 힘든 일이 있을 때 조깅을 했는데 나름 효과가 좋았다. 마치 명상을 하듯 달리는 동안에는 복잡했던 생각들이 정리되었다. 그때부터 고민이 있을 때마다 밤낮없이 달리기를 했다. 다만, 마라톤 준비는 좀 달랐다. 두 시간 넘게 쉬지 않고 달린다는 것. 그 안에 몇십 번의 한계와 포기를 유혹하는 순간들이 찾아온다. 대략 내 기준으로는 3~4킬로미터마다 한 번씩.

고비가 찾아올 땐 '난 이걸 왜 하고 있지?', '이걸 하면 뭐가 달라질까?', '무엇을 위해 난 이 무의미한

짓을 하고 있지?'라는 생각이 가파른 고개를 넘을 때의 헐떡임처럼 무겁게 다가온다. 하지만 1~2킬로미터를 꾹 참고 더 달리면 언제 그랬냐는 듯 평온함의 구간이 찾아온다. 이 구간에서는 평온을 되찾고, 고민을 정리하고, 지난날들을 곱씹으며 달리기를 즐긴다. 이렇게 몇 번의 과정을 넘어 목표 지점까지 가면 이겨냈다는 뿌듯함과 함께 조금 더 나은 사람이 된 것 같은 기분도 든다. 시간이 지나고 나서 이러한 현상을 마라톤 용어로 '러너스 하이'라고 부른다는 것을 알게 되었다. 중간 강도 이상의 운동을 지속하면 신체가 고통을 느끼게 되는데, 이때 우리 몸에서는 고통을 완화하기 위해 엔도르핀과 도파민을 분비해 안정감을 느끼도록 한다. 이 현상을 '러너스 하이'라고 부른다.

내가 조깅을 통해 얻은 것은 건강이나 뿌듯함보다 '버팀'의 중요성이다. 지금 아무리 힘들고 어려운 상황이더라도 조금만 더 버티면 분명 괜찮아지는 순간이 온다는 것이다. 지금의 힘든 상황도 포기하지 말고 조금만 더 버티면 내 인생에도 분명 '러니스 하이'가 찾아올 거라는 믿음. 그 믿음을 확인하기 위해 오늘도 신발끈을 묶는다.

*매거진 《아침(Achim) Vol.3》에 기고한 글입니다.

모두 처음이었던 것이다

°처음으로 삼촌이 된다는 것

얼마 전 처음으로 영화 GV(관객과의 대화)를 다녀왔다. 내가 가장 좋아하는 감독 중 한 명인 고레에다 히로카즈 감독의 영화 〈바닷마을 다이어리〉의 영화 홍보 차원이었다. 영화가 끝난 뒤 감독에게 영화의 배경에 대한 질문을 누군가 하였는데, 그에 대해 고레에다 히로카즈 감독은 "강은 흐른다는 느낌이 있는 데 비해 바다는 밀물과 썰물로 인해 순환한다는 느낌이 강했다. 그래서 영화에 바다와 함께 순환하는 사계절의 모습을 많이 담았다."라고 말했다. 인간의 삶이 바다의 밀물과 썰물처럼 인생의 역할 교체가 일어나며 돌고 도는 것과 같았다는 말이다.

내 인생 역시 시간과 여러 추억이 밀물과 썰물처럼 이리저리 왔다 갔다 하면서 순환하고 있다고 생각한 날이 있다. 바로 나에게 처음 조카가 생긴 날이다. 나와 세 살 차이의 형은 몇 년 전 결혼하였고, 그 후 1년 뒤 '민규'라는 이름을 가진 조막만한 새로운 가족이 태어났다. 우리 가족은 그로부터 어머니에서 할머니, 아버지에서 할아버지, 형에서 아버지, 형수님에서 어머니가 되는 인생의 역할 교체가 일어나게 된 것이다. 그리고 조카가 없던 나는 불러만 보았지 내가 부름을 받게 될 줄은 몰랐던 '삼촌'이라는 새로운 역할이 생겼다. 무엇보다 경상도 출신 남자라는 핑계로 언제나 무뚝뚝하고 조용한 집안 분위기에서 조카는 존재만으로 많은 것을 바꾸어 놓았다.

아버지는 한평생 옆에 두고 살았던 술과 담배를 어떤 어머니의 잔소리, 아들들의 핀잔에도 절대 놓지 않던 분이었다. 그러나 손주가 태어나자마자 단칼에 술과 담배를 끊었다. 아버지의 생소한 모습이 놀라웠다. 어머니는 돈 한 푼이 아까워 두 시간 거리를 언제나 걸어 다닐 정도로 절약 정신이 몸에 밴 사람이었다. 그러나 조카에게는 마치 매일매일이 생일인 것처럼 무한 선물 공세를 퍼부었다. 유전이었을까, 대학생 때부터 어머니가 그렇게 아버지의 이것만은 배우지 말라던 담배와 술을 좋아하던 형이 마치 아버지와 짠 것처럼 형수님의 임신과 함께 술과 담배를 일절 끊었다. 또한, 두세 시간이면 갈 수 있는 고향을 몇 년에 한 번씩 볼 수 있는 블루문처럼 얼굴 잊을 만할 즈음이 되어야만 내려가는 무정한 아들인 내가 고향 집에 두 달에 한 번씩 꼬박꼬박

들르게 되더라.

조카는 아직 말도 못 하고 걷지도 못해 고작 할 수 있는 것이 몸을 뒤집었다가 다시 제자리로 힘겹게 놀아가는 모습뿐이지만, 우리는 마치 기적을 눈앞에서 본 양 모두가 아기에게 웃으며 집중한다. 그 광경이 참 신기했다.

하지만 그렇게 며칠이 지나면서 가족의 표정에는 웃음과 함께 그만큼의 당황도 보였다. 어머니는 섭섭함을 토로하는 일이 잦아지고, 아버지는 힘들게 끊었던 담배를 다시 찾기 시작했다. 모두 크게 티를 내진 않지만 무언가 어찌할 줄 모르는 모습들이었다. 부모님은 조카가 태어나면서 현재 자신의 모습이 너무 부족해 보였다고 한다. 조카에게 뭐라도 조금 더 해주고 싶고, 조금 더 자주 보고 싶은데 혹시나 아들 부부가 피곤해할까 말하지 못했다. 또한, '과연 좋은 할아버지와 할머니가 될 수 있을까?'라는 걱정이 많다는 말을 버릇처럼 했다.

형도 크게 다르지 않았다. 나에겐 아직 '아버지'라는 역할의 경험이 없어 형을 온전히 이해하기는 힘들었지만, 자식으로 인한 현실의 무게감을 겹겹이 쌓아 움직이는 느낌이었다. 세상에는 공짜가 없다고 했던가. 형에겐 그만큼의 행복과 그만큼의 버거움이 함께 깃든 것 같았다.

조카가 세상에 나올 무렵 나에겐 정말로 사랑했던 상대가 있었다. 서른 살이 넘으며 어느 정도 연애나 누군가를 좋아하는 것에 대해 감정의 폭이 커지지 않는 것을 느끼고 있을 때쯤 나타난 그녀는 조카의 출현처럼 나의 많은 것을 바꿔놓았다. '누군가를 이렇게나 좋아할 수 있구나!'라고 생각할 만큼 행복했지만, 그만큼 나는 모든 것이 다시 어설퍼지고 처음인 것처럼 어리숙했다. 꿈같기도 한데 한 번씩 이유 모를 불안이 번갈아 찾아왔다. 점점 이기적으로 표현했고, 어린아이가 된 것처럼 보채기만 하는 나 자신을 보며 신기하기도, 안쓰럽기도 했다.

왜 그런 걸까. 그래, 모두 처음이었던 것이다. 어머니, 아버지, 형 그리고 나 역시 모두 태어나서 처음 해보는 역할이었다. 처음 해본 머리 스타일이 어색하고 처음 꺼내 신은 구두가 더 불편하듯이, 상대로 인해 변한 내 모습이 어설프고 마음 쓰이는 것은 당연한 것 아닐까. 새 구두가 발에 맞을 때까지 길들여야 하는 것처럼, 새로운 역할에 익숙해질 때까지 초조해 보기도 하고, 위로받기도 하면서 약간씩 불편함을 감수해야겠지. 우리에겐 변한 자신의 모습에 익숙해질 시간이 필요했다.

하지만 너무 다급하게 익숙해지기 위해 노력하지 말았으면 한다. 나는 다급한 마음을 추스르지 못해 그녀를 떠나보냈다. 그렇게 좋아하던 그녀를 너무 쉽게 떠나보냈다. 조급한 마음에 억지로 새 신발에 구겨 넣다 보니 결국에는 탈이 났다. 조금만 아주 조금씩만 맞춰 가자.

누군가로 인한 갑작스러운 역할 변화는 그 역할 외에도 많은 것들을 변화시킨다. 하물며 회사에서 승진으로 인한 역할 변화에도 많은 상심과 책임감을 느끼게 되는데, 인생에서의 역할 변화는 오죽할까. 욕조의 출렁이는 물결도 시간이 지나면 잠잠해진다. 억지로 물결을 멈추도록 하지 말았으면 한다. 부디 나에게 하고픈 말이다.

생각의 끝

°첫 혼자 여행

우리 가족에게는 유독 '여행'이 없었다. 사람이 하루를 쉬면 가축이 굶게 되는 축산업이라는 아버지 직업 때문이었던 것 같다. 내 기억 속에 우리 가족이 함께 여행을 가본 것은 당일치기로 집 근처 해수욕장에 부모님 친구들과 함께 간 것이 전부이다.

커서도 크게 다르지 않았다. 일종의 의무적인 여행인 수학여행이나 MT를 제외하고는 대학교를 졸

업할 때까지 나는 단 한 번도 여행다운 여행을 가본 적이 없다. 언제나 방학 기간에는 아르바이트를 하며 시간을 보냈다. 돈벌이를 쉬면 바로 다음 학기를 다닐 수 없었기 때문이다. 축산업과 크게 다를 게 없었다. 그 후 마슬로Maslow의 욕구 단계 이론 피라미드의 가장 하층에 있는 생존 욕구를 취직으로 해결하면서 비로소 여행이라는 것을 조금씩 다닐 수 있게 되었다.

그러나 혼자 여행은 단 한 번도 가본 적이 없었다. 혼자 가기 싫어서였다기보다는 그만큼 용기가 나지 않았다. 여자 친구가 있을 때에는 왠지 혼자 여행 가는 것이 미안해서 가보고 싶었지만 말할 수 있는 용기가 없었고, 혼자일 때에는 그냥 처량해 보일 것도 같아 쉽사리 용기가 나지 않았다. 하지만 역시 새로운 시작은 어느 정도 충격이 있어야 일어나는 것 같다.

이별을 겪고 나면 참 많은 것들이 변한다. 아니 변하는 것 같다. 끝이 없는 잡념을 떨쳐내기 위해 무언가를 해야만 했고, 좀 더 좋은 사람이 되어야만 한다는 일종의 강박 관념도 그 당시에는 자리 잡고 있었다. 그래서 해보지 못한 것들을 많이 해보려 노력했다. 무언가 새로운 것을 하고 나면 현재와는 다른 사람이 될 수 있을 것 같았다. 하고 싶은 것에는 여러 가지가 있었지만 그중에는 나 홀로 여행이 순위 앞쪽에 있었다. 왠지 모르게 혼자 여행을 다녀오면 아픔을 잊을 수 있을 것만 같았고, 좀 더 좋은 사람이 될 수 있을 것 같았다. 그래서 이별하고 사흘 뒤 바로 비행기 티켓을 끊었다. 마치 기다렸던 것처럼.

여행 목적지를 정하는 게 고민스럽지 않았다. 난 그때까지 단 한 번도 제주도를 가본 적이 없었다. 학창 시절의 수학여행으로라도 한 번쯤은 가볼 만한데 우리 학교는 서울(지방에서는 흔한 목적지이니의아하게 생각하지 말도록!)로 향했다. 그리고 이별 전에 사귀었던 친구가 제주도를 좋아해 같이 여행을 가기로 하여 남겨두었던 곳이다. 그러나, 그 친구는 이제 어디에도 없었다. 아니 없다고 믿고 싶었다. 그 친구 때문은 아니라고 우겼지만 어느샌가 나는 제주도행 항공권을 결제하고 있었다. 잊고 싶은 것인지 그 사람의 흔적을 찾고 싶었던 것인지 모른 채.

정리되지 않은 마음을 안고 나는 제주도로 떠났다. 2박 3일의 일정으로 많은 첫 경험들을 하였다. 내 인생의 첫 제주도 방문이었고, 첫 혼자 여행이었으며, 호기롭게도 첫 운전을 제주도에서 했다. 일정 내내 처음 하는 경험이 많아서인지 낮 시간 동안에는 잡생각이 들지 않았다. 새로운 환경에 계속해서 적응해야 했기에 다른 생각들이 끼어들 틈이 없었다. 낯선 환경이 주는 장점이랄까, 현실을 잊기 위한 여행으로는 안성맞춤이었다.

다만 혼자 여행의 아쉬운 점은 즐거움도 오롯이 혼자 나누어야 한다는 것이다. 5년 전 혼자 처음으로 영화관에서 영화를 본 적이 있다. 정말 보고 싶은 영화가 있었지만, 그때도 이별 직후(홀로에 대한 경험은 많은 경우 이별로부터 시작되나 보다)라 같이 갈 사람이 없었다. 하지만 왠지 지금 안 보면 후회할 것 같은 생각이 갑자기 들어서 바로 집을 나서 〈새 구두를 사야 해〉라는 일본 영화를 보았다.

파리에서 일어나는 우연한 사랑에 대한 내용인데 슬프게도(?) 영화는 너무나 아름다웠고 오래도록 여운이 남았다. 영화의 배경인 파리의 모습과 설렘 가득한 남녀 주인공의 대화는 두 시간 남짓한 시간 동안 애틋한 감정을 나에게 선사했고, 혼자 보는 영화도 이렇게 좋을 수 있다는 생각을 하게 했다.

하지만 영화의 엔딩 크레디트가 올라가자 나는 혼자여서 적적한 감정이 영화 보기 전의 몇 배만큼

강하게 몰려왔다. 기억에 남을 만한 좋은 영화를 보았는데 평소처럼 그 영화에 관해 이야기를 나눌 수 있는 상대방이 없었다. '이 대사 참 좋았어', 'OST 너무 좋지 않아?'와 같은 대화를 할 수 있는 상대가 없다는 것. 사람의 빈자리가 너무 크게 다가왔다.

혼자 한 제주도 여행 역시 그랬다. 제주도의 바다는 정말 아름다웠고, 들렀던 카페와 수목원은 '여긴 그 친구가 정말 좋아하겠다' 따위의 생각들만 머릿속에 맴돌게 했다. 그렇게 나의 혼자 여행은 밀물과 썰물처럼 감정의 기복이 컸다. 낮에는 새로운 목적지로 이동하고, 계획을 짜고, 어색한 운전과 아름다운 풍경에 즐거워하다가도 이내 저녁이 되면 말동무의 부재에 아쉬워하며 깊은 생각에 잠겼다.

홀로 온 여행지의 저녁은 너무나 고요했다. 평일이라 그런지 숙소에는 나 혼자만 있는 듯했고, 평소 여행 같았으면 그 도시의 밤 모습을 보기 위해 이리저리 돌아다녔겠지만, 그다지 내키지 않았다. 그냥 혼자 숙소 근처를 서성이며 생각하고 또 생각했다.

무언가 힘든 이유는 끝이 보이지 않기 때문이다. 마라톤이 힘들지만 계속해서 한 걸음을 더 내디딜 수 있는 이유는 결승점이 어디 있는지 알기 때문이 아닐까. 힘든 군 생활이었지만 다음날 아침 하기 싫은 걸레질과 목적 없는 뜀박질을 할 수 있었던 이유도 제대일이라는 끝을 알 수 있었기 때문 아닐까.

반대로 어쩌면 이별이 힘든 이유는 복잡한 감정의 끝을 알 수 없기 때문이 아닐까 싶었다. 현실의 나도 살아야 했기에 힘들어하다가도 웃으며 회사 사람들을 대하고 하루를 보내다 집에 오면, 또다시 끝이 보이지 않는 감정을 부여잡고 괴로워했다. 하지만 언제나 끝을 내지 못하고 내일의 현실을 위해 술의 힘을 빌려서라도 잠을 청해야 했다. 그 괴로움이 컨베이어 벨트처럼 끝없이 반복되었지만, 내키지 않는 몸을 이끌고 사회라는 시스템에서 나를 지키기 위해 몸부림쳤다.

하지만 혼자 여행의 좋은 점은 생각의 끝을 정하지 않고 계속할 수 있다는 것이다. 같이 간 사람이 없으니 모든 일정과 목적지를 내가 정할 수 있었으므로 사색 역시 내가 이제 됐다 할 때까지 계속해서 할 수 있었다. 너무 늦게 잠들어 피곤하면 그다음 날은 그냥 아무것도 안 하고 쉬어도 그만인 것이다.

끝이 어딘지는 그 당시에도 알 수 없었지만 '그래도 이 정도면 되지 않을까?'라는 생각을 마주하며 나 홀로 여행의 하루를 마감했던 것 같다. 현실에 부닥치는 일상의 잠자리보다 내일의 새로운 경험들이 기다리고 있는 여행지의 잠자리는 그래서 조금 더 긍정적일 수 있지 않을까. 내일의 설렘과 끝이 없는 사색만으로도 혼자 하는 여행은 충분히 그 값어치를 한다.

각자만의 어둠

°처음으로 본 아버지의 눈물

드라마를 보면 심심찮게 '파산'과 '빚보증'에 대한
이야기를 접할 수 있다. 극 중 주인공의 상황 변화를
만들어낼 때 자주 쓰이는 클리셰Cliché 같은 것이다.
그러나 클리셰라고 표현될 만큼 자주 쓰이는 이유는
그만큼 우리 주위에서도 쉽게 볼 수 있기 때문이기도
하다.

2000년 초반 우리 집도 드라마처럼 진부한 상황

변화를 겪게 되었다. 상황 변화라고 칭했지만, 그냥 단순하게 표현하자면 망한 것이다. 부모님이 운영하던 축산업이 어려워지고, 게다가 아버지의 빚보증으로 인해 우리 집은 끝이 보이지 않는 내리막길을 걸었다. 친구 간에 보증을 서는 게 의리 혹은 우정의 형태로 표현될 만큼 연대보증이 많이 오가던 시기였지만, IMF를 지나며 그 찬란했던 의리는 초라한 모습만 남은 빈 껍데기 우정으로 돌아왔다. 연달아 닥친 악재로 인해 아버지는 순식간에 도망자 신세가 되었다. 집에 전화가 와도, 누군가가 집에 초인종을 누르거나 문을 두드려도, 우리는 집에 아무도 없는 척하고 구석에 웅크려 있어야 했다. 마치 존재해서는 안되는 사람들처럼.

결국 우리는 또다시 지난한 떠돌이 생활을 시작하게 되었다. 대학생이던 형은 부모님의 권유로 휴학계를 내고 빠르게 군입대를 하였다. 어머니는 나 역시 이런 상황에 집에 있는 것이 좋지 않겠다고 판단해 고등학교 기숙사에서 생활하게 했다. 집이 어려워 이모 집에서 산 것이 두 해 전인데 또다시 우리는 헤어져서 지내야 했다. 분명 고진감래苦盡甘來라 했는데 우리에게는 언제쯤 달달한 감甘이 오는 것일까. 아니 있기는 한 걸까.

기숙사에서는 일주일에 한 번씩 집에 갈 수 있었다. 어머니에게 이사한 집 주소를 전달받아 새로운 집으로 발걸음을 재촉했다. 새집이라는 기대감보다는 걱정이 먼저 앞섰다. 어머니를 만나면 어떤 표정을 짓고 어떤 말을 해야 할까. 나까지 의기소침해지는 것보다는 그래도 우리 가족이 머무를 수 있는 곳이 있음에 감사하기로 하고 기운을 냈다. 하지만 그 집은 우리의 현실을 직시하게 해주는 곳이었다. 4~5평 정도의 공간에 버리지 못한, 미련처럼 남은 가구들이 꽉 차 있어 사람 한두 명이 누우면 공간이 없었다. 또한, 부엌은 쥐가 갉아먹은 흔적들이 남아 있었고 온 사방이 시커먼 곰팡이로 가득 차 있었다. 보일러도 없어 어디에선가 구해온 전기장판 하나로 간신히 온기를 유지하고 있었다.

　그곳에서 어머니는 웃으며 오랜만에 집에 온 아들을 맞이했다. 나는 방금 전까지 다짐했던 것들이 무색하게 어떠한 표정도 짓지 못한 채 입술만을 지그시 깨물었다. 아버지는 일주일에 한두 번 정도만 간신히 집에 올 수 있었고, 어머니는 밥벌이를 위해 공장에서 일을 시작했다. 주말이 지나 다시 기숙사로 돌아가는 길에 어머니는 맛있는 거 사 먹으라며 주머니에서 구겨진 5,000원을 꺼내어 나의 손에 쥐여주었다. 하지만 그 5,000원을 다시 어머니 지갑에 몰래 넣어두고, 나는 두 시간 거리에 있던 학교를 걸어갔다. 어머니의 지갑에는 10원짜리 몇 개만이 들어 있었다.

하지만 신은 공평하다 했던가. 문제를 해결하기 위해 백방으로 뛰어다닌 아버지와 공장에서 밤낮없이 일한 어머니의 노력으로 우리 집의 사정은 조금씩 좋아졌다. 아버지는 친구분들의 도움으로 다시 시골에서 작게나마 농장을 시작할 수 있었고, 그곳에서 나름 삶의 터전을 일구어 나갔다. 고생 끝에 낙이 오나 싶었다. 그 일이 있기 전까지는.

반년 정도가 지나 집안이 다시 활기를 띨 때쯤 어머니는 한 번씩 배가 아프다고 했다. 장이 좋지 않아 배에 가스가 자주 찼는데 통증이 부쩍 잦아진 듯했다. 걱정이 된 아버지는 어머니를 동네 병원에서 검사를 받도록 했는데 의사는 어머니의 병이 장염이라고 했다. 어머니는 약을 받아 집으로 돌아왔고, 며칠 지나며 조금 안정이 된 듯했다.

한창 중간고사 기간이었다. 영어 듣기 평가가 스피커에서 흘러나오던 중 정적을 깨고 담임 선생님이 나를 불렀다. 형에게 전화가 왔으니 어서 교무실로 가보라고 했다. 군대에 있을 형에게 왜 갑자기 전화가 왔는지, 게다가 학교 전화번호는 어떻게 알고 전화했는지 궁금했다. 형은 내가 전화를 받자마자 친구 차로 데리러 갈 테니 가방을 챙겨서 학교 앞에 나와 있으라고 했다. 어머니가 아프다는 말만 남긴 채.

날씨 좋은 평일 낮, 형은 울고 있었다. 때때로 구름 한 점 없이 맑은 날에 비가 오는 것처럼 무언가 어울리지 않는 모습이었다. 형은 가는 내내 말이 없었고, 나는 형에게 말을 걸 수 없었다. 무언가 현실이 되어버릴까 봐.

어머니는 체구가 작다. 작은 체구이지만, 누구보다 밝고 활기찬 사람이었다. 내가 병실에 도착했을 땐, 누구보다 밝았던 어머니는 너무나 야위어 있었고 그 야윈 몸에는 수많은 주삿바늘이 꽂혀 있었다. 나는 아무런 말도, 아무런 감정도 느껴지지 않았다. 모든 게 이질적이었다. 형은 차마 병실로 들어오지 못했고, 아버지는 병원 밖에서 담배만 계속 피웠다.

장염인 줄 알았던 어머니 몸에는 암이 자리 잡고 있었고, 이미 넓은 곳에 암세포가 퍼졌다고 했다. 병원에 오기 전날 밤 어머니는 갑작스레 큰 고통을 느꼈고, 아버지는 뭔가 이상하다는 판단에 큰 병원의 응급실로 갔다. 의사는 빨리 수술이 필요하다고, 지금까지 그 고통을 어떻게 참았냐고 했다. 내가 묻고 싶은 말이었다. 누워있던 어머니는 나를 보자 코에 있는 호흡관 때문에 잘 나오지 않는 목소리로 시험 기간이니까 어서 공부하러 가라고 말했다. 곧 집에 가겠다며. 나는 다시 아무런 말을 할 수 없었다. 입고 있던 애꿎은 바지만 움켜쥘 뿐.

뿌연 담배 연기와 선이 그어진 수첩 안의 이름들. 이 두 가지가 그 당시 집에서 자주 보던 아버지의 모습이었다. 수술 날짜를 잡았지만 그 많은 수술비를 감당할 수 없었기에, 아버지는 전화기 옆에서 지인들의 전화번호가 적힌 수첩을 들고 한 통씩 또 한 통씩 전화를 돌리고 있었다. 한 줄씩 그어지는 선과 한 입씩 뿜어져 나오는 담배 연기와 함께.

그럴 때면 나는 집에서 나와 집 앞 놀이터에서 한동안 멍하니 있다가 다시 집에 들어갔다. 나 자신이 무기력했다. 이모와 친척들의 도움으로 겨우 수술비를 마련해 다행히 늦지 않게 수술을 할 수 있었다. 어머니는 암을 잘 이겨냈고, 간호사와 의사가 혀를 내두를 정도로 빠르게 회복하기 위해 부단히 노력했다. 어머니는 한 달 정도 추가로 입원한 후 집으로 돌아올 수 있었다. 항암 치료는 약을 받아와 집에서 했다. 그 약은 너무 독해 어머니는 자주 구역질을 했고, 몸이 약해져 조금만 부딪혀도 피멍이 들었다.

그때의 나는 학교를 오래 쉴 수 없어 다시 기숙사로 돌아갔다. 주말마다 집에 갔다가 일요일 저녁이면 기숙사로 돌아갔다. 그렇게 다시 주말이 되어 집으로 갔는데, 어머니와 아버지가 한참 싸우고 있었다. 언제부터인가 예민해진 부모님은 자주 말다툼을 했기에, 나는 그냥 그러려니 했다. 아버지는 현관 앞의 나를 보자 자리에서 일어나 밖으로 나갔고 한참 뒤 술에 거하게 취해 돌아왔다. 어머니는 독한 약 기운에 깊이 잠을 자고 있어서 나는 비틀거리는 아버지를 방으로 들여보냈다. 술에 취한 아버지는 나를 다시 불러내었고, 장롱에 기대앉아 한참 동안 알 수 없는 말들을 쏟아냈다.

"마 너희 엄마 우째 지내는지는 아나?"

"느그 엄마 낮에 공장에서 일하고 있드라, 그 몸뚱이로."

"내가 그 빌어먹을 보증만 서지 않았어도…"

그 말과 함께 아버지는 나에게 처음으로 눈물을 보였다. 아니 정확히는 흐느꼈다. 지탱하던 모든 것을 잃은 것처럼 무너졌다. 어머니는 가족에게 너무 미안했던 것이다. 자기 때문에 더 힘들어진 가족의 모습에 죄책감을 느끼는 것 같았다. 항암 치료를 받으면서 어머니는 한 푼이라도 보탬이 되기 위해 가족 몰래 공장에서 종일 일을 하다가 결국 아버지가 알게 된 것이었다. 아버지를 겨우 눕히고 거실로 나왔다. 거실에서 곤히 잠을 자던 어머니의 손과 발은 온통 시꺼멨다. 무언가 묻어서가 아니었다. 항암 치료로 약해진 어머니의 손과 발은 공장에서 한 고된 일로 피멍이 들었던 것이다.

그때였을까. 슬프면 정말 가슴 한편이 무언가로 찌르듯이 아프다는 것을 알게 되었다. 가슴이 아파 잠옷으로 입고 있던 목 늘어진 티셔츠를 한동안 부여잡았다. 가출이라도 하고 싶었지만 그러기에는 우리 어머니와 아버지가 너무 가여웠다. 나는 그때 역시 아무것도 할 수가 없었다.

학교에 가면 친구들은 언제나 별일 없이 행복해 보이는데 '왜 나에게만, 우리 집에만 이런 일이 일어날까'라는 생각을 자주 했다. '분명 그렇게 죄를 짓고 살지도, 나쁜 짓을 하지도 않았는데 하늘은 왜 우리에게 이러는 걸까'라는 원망들. 아니, 모두 각자만의 어둠을 가지고 있지만 견뎌내며 사는 것일까? 내가 모르는 그들만의 어둠으로? 산다는 것은 그런 것일까?

　그 일이 있은 지도 꽤 오랜 시간이 흘렀지만, 아직 그때의 질문들에 대한 답을 찾지는 못했다. 시간이 지나면서 여러 짐작만이 많아졌을 뿐. 지금의 나도 그때의 나와 다르지 않게 무기력하다. 처음으로 본 아버지의 눈물만큼이나 이 세상은 아직 내가 감당하기 어려운 것들이 많이 남아 있나 보다.

행복도 오래 지속되면
병이 될까요 ★

°첫 해외 여행

맛있는 것을 먹거나 좋은 곳을 여행하게 될 때면 이 순간을 함께하지 못해 아쉬운 사람들이 떠오른다. 그게 가족이건, 현재 사랑하는 사람이건, 이미 흘러가 버린 사람이건 말이다. 이런 순간을 맞이하는 여행은 만족감이 높았음을 기억하게 해주는 일종의 척도가 된다. 이번 여행 역시 그 사람이 생각났으니 좋은 여행이었다고 자평한다.

소위 일본이라는 나라를 '가깝고도 먼 나라'라고 말하는데 나에게는 먼 나라에 속했나 보다. 서른한 살이 되어서야 처음으로 일본을 여행했다. 언제나 가야겠다는 생각만 했을 뿐 행동으로 옮기지 못하고 있을 때, 친구가 먼저 함께 가지 않겠냐고 물어왔다. 함께 여행한 친구는 이미 일본의 오사카나 교토를 가봤기에 둘 다 아직 가보지 못한 도쿄로 목적지를 정했다.

　한낮에 도착한 도쿄는 서울보다 반보 빠르게 봄이 다가온 듯했다. 거리마다 봄을 가득 품은 벚꽃 봉오리가 모습을 드러낼 준비로 한창이었다. 예상보다 따뜻한 날씨에 입고 있던 외투를 벗고 내 마음도 함께 봄옷으로 갈아입었다. 두 시간에 걸쳐 나리타 국제공항에서 기차를 타고 숙소가 위치한 세타가야구世田谷区로 향했다. 먼저 짐을 풀기 위해 에어비앤비Airbnb로 예약한 숙소를 찾기 시작했다. 오 분 정도 돌아다녔을까, 구글 지도 덕분에 어렵지 않게 찾을 수 있었지만 새로운 난관이 우리를 기다리고 있었다. 우리가 예약한 숙소는 7층이었는데 엘리베이터가 고장 난 것이다. 그리고 안내문에는 우리의 여행 마지막 날까지 수리를 할 것이라고 적혀 있었다. 하체 근육이 뒤틀릴 만한 이야기였지만 한없이 너그러워지는 여행자의 기분이었기에 '그래 이때 운동이나 좀 하자!'라는 생각으로 7층까지 걸어 올라갔다. 이제 와서 숙소를 바꿀 수도 없으니 뭐 어쩌겠는가.

4박 5일의 여행 기간 동안 도쿄에만 머무르기로 했기에 여유롭게 하루에 한 곳 정도만 돌아다니기로 했다. 첫 번째 날은 시부야를 갔다가 두 번째 날은 긴자를 다녀오는 정도였다. 도쿄의 여러 곳을 드나들면서 가장 인상 깊었던 것은 입에 넣자마자 사르르 녹았던 모리모토 규카츠의 맛도, 깊은 풍미의 오모테산도 커피도 아닌 '혼자라도 괜찮은 곳'이라는 느낌이었다.

일본에는 유독 바Bar 형태의 음식점이나 식당이 많았다. 대부분 혼자 혹은 두 명이 나란히 바 테이블에 앉아 각자의 일상을 지내고 있었다. 혼자 식당에 갈 때면 넓은 테이블을 홀로 차지하는 것이 괜스레 미안하고는 했는데 이곳은 나 같은 소심한 사람이 지내기에 괜찮을 수 있겠다는 생각이 들었다.

일본에서 지하철을 타거나 거리를 걸어 다니면 자연스레 이곳 사람들은 '참 조용하구나'라는 생각을 하게 된다. 지하철에서도, 자기 전에 한잔하러 들어간 술집에서도 사람들은 정숙했고, 서로 말을 하더라도 소곤소곤 이야기를 나누었다. 평안해 보이기도 하고 약간의 외로움 같은 것도 느껴졌다. 요즘의 나도 이런 느낌이지 않을까 싶었다.

여행을 가게 되면 그간 하지 않던 것을 종종 하곤 한다. 아침 일찍 일어나 산책을 하거나, 길거리의 꽃을 주의 깊게 살펴보거나, 아이를 뒤에 태우고 출근하는 어느 아버지를 유심히 지켜보는 일상의 관찰들 말이다. 여행지에서 느낄 수 있는 작은 행복 중 하나가 아닐까 싶다.

산책하면서 한 번씩 생각해본다. 언제부터인가 동반자가 없어지면서 집 밖을 나가기가 두려워졌다. 카페에서도 식당에서도 내 자리는 없는 것 같았고, 가슴 깊은 어딘가에서 불쑥 어둠이 솟아 올라왔다. 하지만 이곳은 왠지 괜찮아 보였다. 그래서 한국이 아닌 이곳에서 살게 된다면 나는 조금 더 행복할 수도 있겠다는 생각이 들기도 했다. 하지만 실제로는 그렇지 않겠지. 우리가 영화에서 지구 반대편의 이야기에도 웃고 눈물 흘릴 수 있는 이유는 모든 세상 사람들의 삶이 어느 정도는 크게 다르지 않기 때문이듯이 이곳에서의 삶도 크게 다르진 않을 것이다.

이런 여행지에서의 소소한 행복을 서울에서는

왜 느끼기 어려운 걸까? 분명 길거리의 꽃도, 아침의 산책도 서울에서 마음껏 할 수 있는데 왜 다른 것일까. 아마도 많은 것에 익숙해져 있기 때문이겠지. 가족의 애정 어린 잔소리도, 사랑하는 이의 마음에 없는 볼멘소리도, 단지 가깝다는 이유로 혹은 당연하다는 이유로 무신경했던 나의 지난날처럼 말이다. 행복이란 것은 쉽게 익숙해져서 탈이다.

어떻게 하면 이런 행복들을 여행지에서뿐만 아니라 일상에서도 유지할 수 있을까. 나만 바뀌면 되는 것일까? 바뀔 수는 있을까? 기쁨이 오래 지속되면 조증躁症이라 하는데, 행복도 오래 지속되면 병이 될까? 첫 해외 여행이 주는 생경함이 그간 하지 않던 생각들을 하게 만든다.

무언가를 잊기에 가장 좋은 방법은
그것을 문학으로 만들어보는 거야

어지럽게 적힌 글들을 정리하며 마지막 에필로그를 쓰는 도중 문득 이런 생각이 들더군요. 나는 왜 이런 글을 쓰고 있을까? 어린 시절의 추억을 글로 남기고 싶어서? 내가 좋아하는 첫 경험들을 정리할 수 있어서? 나처럼 글 실력이 형편없는 사람도 책을 낼 수 있다는 것을 확인해보기 위해서?

위의 질문들 역시 정답일 수 있겠지만, 실은 되려 잊기 위해서 쓰게 된 글이었습니다. 뜨거웠던 여름이 한시름 가고 가을옷을 준비하던 늦여름. 저는 이별을 하게 되었습니다. 누구나 겪는 평범한 이별이었지만, 그 당시의 저에게는 이번 역시 참으로 기나긴 동굴로 들어가는 시간이었죠. 굳이 누군가를 만나고 싶지 않았고, 그렇다고 집에 온종일 있으니 출구 없는 생각(미련일까요?)들만 맴돌아 '무엇이든 해야겠다'라고 생각했습니다.

　이 책에서 이야기한 것처럼 혼자 여행도 가보고, 전혀 계획에 없던 마라톤도 무작정 해보았지만 저는 여전히 동굴 안에서 웅크리고 있더군요. 그러다가 우연히 보게 된 〈500일의 서머〉라는 영화에서 '무언가를 잊기에 가장 좋은 방법은 그것을 문학으로 만들어보는 거야'라는 대사 한 구절이 오래도록 기억에 남았습니다. 그래서 무작정 글을 쓰기 시작했고, 그중 '첫 경험'에 대한 글들만을 모아 책으로 만들어보게 되었습니다.

　조금 더 근사한 이유였으면 좋았겠지만 정확히 그 당시에는 이별에 대한 아픔을 잊기 위해 이 글을 쓰게 되었습니다. 단순히 현실을 잊기 위해 쓰기 시작한 글이었지만, 마음 한구석에 새겨져 있던 어린 시절의 추억들을 다시 꺼내게 되면서 나름의 격려가 되었습니다. 행복하기만 한 추억은 아니지만, 나에게도 참 많은 일이 있었구나 싶더군요. 혹시나 저처럼 무언가를 잊고 싶은 시기가 온다면, 글을 쓰는 방법을 추천하고 싶습니다.

이 글을 책으로 만들기까지에는 많은 고민이 있었습니다. 글을 쓸 때에는 지난날의 추억을 더듬으며 행복하게 썼던 초고가 며칠이 지난 뒤 다시 보니 세상에 이렇게 두서없는 글이 있을까 싶더군요. '모든 초고는 걸레다'라는 헤밍웨이의 말로 위로를 해보지만, 글을 고칠 엄두도 안 날 만큼 창피한 수준이었습니다. 하지만 지루한 퇴고의 시간들과 함께 출판사의 도움으로 '조금은 읽어볼 만하지 않을까?'라며 스스로를 다독여봅니다.

또 하나의 고민은 너무 사적인 이야기가 많아 걱정되었습니다. 누군가 이 글을 본다는 것이 겁이 나더군요. 발가벗겨진 느낌 같았습니다. 정말 친한 친구들에게도 이야기한 적 없던 일에 대한 기록도 있다 보니 고민이 많이 되었습니다. '이 책을 보고 과연 사람들은 나에 대해 어떻게 생각할까?'라는 걱정이 듭니다. 마지막 에필로그를 쓰는 지금까지도요.

하지만 약간의 용기를 내어보는 이유는 누구에게나 어두운 추억 하나쯤은 가지고 있지 않을까 싶었습니다. 그렇기에 저 먼저 어두웠던 추억을 공유하면, 제가 글을 쓰며 받았던 위안을 읽는 분에게도 줄 수 있지 않을까 싶었습니다.

책으로 만들기를 결정하면서 이 책을 읽는 분에게 가장 주고 싶었던 느낌은, 단지 남의 경험을 단순히 읽는 것이 아닌 서로의 추억에 관해 함께 이야기하는 시간이 되었으면 하는 바람이었습니다. 나의 이야기만을 전달하는 것이 아닌, 글 하나를 읽을 때마다 그 주제에 대한 자신만의 추억을 한번 되돌아볼 수 있는 계기가 되었으면 합니다.

언젠가 기회가 된다면 10년 혹은 20년 후 즈음에도 그동안 또다시 갖게 될 처음에 대한 추억을 글로 남겨볼 수 있었으면 하네요. 그리고 그때에도 많은 사람들과 첫 경험의 순간들을 이야기해 볼 수 있었으면 합니다. 모두 이 긴 글을 읽어주셔서 감사합니다. 앞으로도 저나 이 책을 읽고 있는 당신의 인생에 '초보의 순간들'이 풍족하기를 기원하며 긴 글을 마무리합니다.

초보의 순간들

2019년 12월 25일 초판 1쇄 펴냄

지은이 박성환
발행인 김산환
책임편집 성다영
영업 마케팅 정용범
디자인 윤지영
펴낸 곳 꿈의지도
인쇄 다라니
종이 월드페이퍼

주소 경기도 파주시 경의로 1100, 604호
전화 070-7535-9416
팩스 031-947-1530
홈페이지 www.dreammap.co.kr
출판등록 2009년 10월 12일 제82호

ISBN 979-11-89469-68-9